《大人の本棚》

チェスの話

ツヴァイク短篇選

辻　　理
関　楠　生
内 垣 啓 一
大久保和郎
共訳

池内紀解説

みすず書房

SCHACHNOVELLE UND ANDERE

by

Stefan Zweig

Insel Verlag, Leipzig, 1925, 1929
Bermann-Fischer, Stockholm, 1943

チェスの話■目　次

目に見えないコレクション　ドイツ、インフレーション時代のエピソード

ドレースデンから二つめの駅で、年配の紳士が私たちの車室にのりこんできた。みんなに丁寧にあいさつをしてから、私のほうにむかって、こちらの顔を見あげながら、親しい知人にするようにもういちどはっきりとうなずいて見せた。私は最初の瞬間、これがだれなのか思いだすことができなかった。しかし、それからかるい微笑をうかべて名まえを名のられると、すぐに私は思いだした。ベルリンの著名な古美術商のひとりで、大戦前の平和な時代には、よく私が古い書籍や自筆本を、見せてもらったり買ったりした店のあるじである。最初のうち私たちは、どうでもいいような世間話をしていた、がとつぜん彼は、なんの関連もなしにこう話しだした。

「いま私がどこへ行ってきたところか、これはぜひひとつお話ししなくてはなりません。といいますのも、このエピソードは、私のような年よりのしがない骨董商が、三十七年も商売をつづけておりまして、ほとんどはじめて出あったような奇妙な話なのです。お金の値うちが煙のように

消えうせるようになってからというもの、いまの古美術の商売が、どんな具合になっているか、これはおそらくあなたもご自身でご存じでしょう。にわか成金どもが、ゴシックの聖母像だの、古版本だの、古い銅版画や油絵だのに、急に興味をもちはじめたのです。手品師のようにいくら出してきてやっても、この連中は満足しません。家も部屋も、すっからかんにされてしまわないように、こちらがふせぎにかからなければならないほどです。この連中ときたら、ひとの着ているワイシャツのカフスボタンも、書きもの机のランプも、みんな買いとっていってしまおうというのですから。これでは、いつも新しい品物を仕入れておくのが、いよいよむつかしいことになってしまいます――いや、失礼しました、こういった品物はふだんならば私どもにとって、なにか神聖なものを意味しておったのですが、それを、とつぜん、品物などとよんでしまいまして――、しかし、このがらのわるい連中とつきあっておりますと、すばらしいヴェニスの古版本を、ついただなにがしかのドルのつつみと見なしたり、ゲルチーノの描いたデッサンを、つまらぬ二、三百フランの札たばとも思うようなくせがついてしまうのです。急に狂ったように買気づいたこの連中に、こうやいのやいのとおしかけられては、なんともふせぎようがありません。そんなわけで私の店も、一夜のうちに、またまたぜんぶまきあげられてしまうといったしだいで、いっそのことよろい戸をしめて、店をやめてしまいたいくらいでした。私の父が祖父からうけついだというこの老舗で、以前ならば、北のほうの流しの古物商さえ車の上にのせようとしなかった、見るもあわれながらくたばかりがごろごろしているのを見て、私ははずかしくてたまらなかったのです。

私も、これにはこまってしまい、店の古い帳簿をしらべて、むかしのおとくいたちをさがしだそうと思いつきました。もしやして、二、三の複本でも、言葉たくみにとりもどすことができはしないかと考えたのです。こういった古いおとくいのリストというのは、いつも一種の死屍累々たる野原でして、きょうこのごろではその感もひとしおです。事実これからは、あまり得るところがありませんでした。以前のおとくいのうち大部分の者は、もうとうにそのもちものを競売にださなければならなかったか、あるいはご自身が死んでしまっているというしまつで、ぶじにもちこたえているわずかな人たちからは、どうせなにものぞむことはできませんでした。が、そのとき私はふと、うちの店の、おそらくいちばん古いお客と思われる人からきた、大きな手紙のたばに出くわしました。この人のことをわすれていたのは、ほかでもなく、世界大戦のはじまった一九一四年以来、もうどんな注文も、問いあわせも、うけていなかったからなのです。この通信は――ほんとうに誇張でもなんでもありません！――ほとんど過去六十年間にさかのぼっていました。この男は、すでに私の父からも祖父からも買っていました。にもかかわらず私は、この男が私自身の代になった三十七年間に、うちの店にきたことがあったかどうか、それを思いだすことができませんでした。どこから見ても、これはいっぷうかわったむかしかたぎの珍妙な人物だったにちがいありません。いまは行方が知れなくなった、メンツェルやシュピッツヴェークのポンチ画にでてきそうな人物で、まだごく最近までは、小さな田舎町のそこかしこに、めずらしい奇人として生きのこっていた、ドイツ人のひとりでした。その書体は、習字の手本のようでした。丁寧にかかれ、金額には定規と赤インクで下に線をひき、それに数字は、まちがいのたねとならないように、かならず二度くりかえしてありました。この点もさることながら、本の見かえしをはがしたものと、徳用封筒ばかりをつかっている点を考えあわせますと、なんとも度しがたい田舎者のみみっちさと、気ちがいじみた貯蓄癖とがうかがわれるのでした。この奇妙な記録文書の署名には、彼の名まえのほかに、いつもややこしい肩がきがついていました。元《もと》森林兼経済顧問官、退役陸軍中尉、第一級鉄十字章所持者、というのです。一八七〇年の戦争に従軍した老兵というわけですから、もし生きているとすれば、すくなくとももう八十の齢をかさねているわけでした。しかしこの珍妙でこっけいな倹約家が、古い版画の収集家としては、まったくなみなみならぬ賢明さと、すぐれた知識と、じつに繊細この上もない趣味とをしめしているのでした。最初のほうはまだグロッシェン銀貨が云々されているものでしたが、ほとんど六十年間にもわたっているその注文書を、こうしてゆっくりあつめてみると、わずか一ターレルで、まだすばらしいドイツの木版画をふんだんに買うことのできた時代に、このしがない田舎者が、やかましく取ざたされた新興成金のコレクションなどにくらべてみて、ゆうに最高の栄誉にも価しうるような銅版画のコレクションを、黙々とあつめあげたにちがいないことがわかってきました。といいますのは、この男がうちの店から半世紀のあいだに、わずかの金額でぽつぽつと買いあつめたものだけでも、今日ではおそるべき値うちになっていましたし、なおその上、この男が競売のときやほかの商人のところで、やはりこれにおとらぬ安値でかきあつめたであろうということも、容易に想像できたからです。もっとも一九一四年以降は、なんの注文もきていませんでした。しかし私のほうもまた、古美術商売のありとあらゆる動静に精通しておりましたから、こういった多数のコレクションが、競売に付されたり、業者仲間で売立てに出されたりすれば、それを見のがすはずはありませんでした。してみるとこのふうがわりな男は、おそらくまだ生きているか、それともそのコレクションが、そのまま彼の相続人の手にのこっているにちがいありませんでした。

これに興味をひかれて、私はすぐその翌日、きのうの晩のことでしたが、なにはさておきまっすぐに、ザクセンにあるなんともやりきれない田舎町のひとつへ直行しました。こうして私が、小さな停車場から目ぬき通りをとおって、ぶらぶらあるいて行きますと、小市民的ながらくたのつまった、この平々凡々たる俗悪な家並みのさなかの、そうしたどこかの部屋にひとりの人間がすんでおり、その男が、レンブラントのすばらしい版画やデューラーとマンテーニャの銅版画を、非のうちどころのない完全なかたちでもっているのだなどとは、ほとんどどうにもあり得ないことに思えてくるのでした。しかしおどろいたことには、郵便局でこの名まえの森林兼経済顧問官がこの町にすんでいるかときいてみますと、事実その老人がまだ生きていることがわかったのでした。そこで、私は――正直にいいまして、すこし胸をどきどきさせながら――おひるまえにはやくもこの男のところへと出かけてゆきました。

男のすまいは難なく見つかりました。それは、どこかの思惑好きな左官屋が、六〇年代にいそいで上に建て増したものらしい、あのけちくさい田舎家の三階でした。二階にはかたぎの仕立屋がすみ、三階の左手には、郵便局長の標札がひかっており、やっと右手に、森林兼経済顧問官の肩がきのついている、陶製の標札がありました。ためらいがちに鈴をならしてみると、清潔な黒い頭布をかぶって、白髪のひどく年とった女が、すぐにドアをあけました。私はこの女に名刺をわたして、森林顧問官さんにお目にかかれるかとたずねました。びっくりして、ある種の不審の表情をうかべながら、彼女は最初に私の顔を、つぎに名刺をじっと見つめました。このおそろしくへんぴな田舎町の、このひどく古ぼけた家では、どこかよそから人がたずねてくるなどということは、もうたいした事件であるように見うけられました。しかし彼女は、お待ちくださいとあいそよくいい、名刺を手にして、部屋のなかへはいってゆきました。彼女のささやく声がかすかにしてきたかと思うと、いきなりこんどは、がんがんひびく男の大声がきこえてきました。『ああ、Rさんか……ベルリンの大きな古美術商の……さあ、おとおししなさい……これはうれしいことだ！』と思うまに、さきほどの老婆がちょこちょこあゆみよって、私を部屋のなかに招じいれました。

私は、外套をぬいでなかにはいりました。質素な部屋のまんなかに、かざりひものついたなかば軍隊式の部屋着をきて、もじゃもじゃの口ひげをはやし、年をとってはいるがまだがっしりとした男が、ぐっと身をおこして立っていました。そして私のほうに、心をこめて両の手をさしだしていました。しかし、こんなふうにあけっぴろげな動作で、まぎれもなくよろこばしげで自発的な歓迎の意を表していたにもかかわらず、それが、彼の立っている姿のなかに見られる、奇妙に硬直した様子と矛盾しているのでした。彼は一歩も近づいてきませんでした。私は――すこしいぶかしく思いながらも――その手をとるために彼のところにまであゆみよらなければなりませんでした。しかし、その手をとろうとしたときに、私は水平のままうごかないでいるその手の姿勢で、それが私の手をさがしているものではなく、私の手を待っているものであることに気がつきました。そしてつぎの瞬間には、なにもかもわかったのです。この男はめくらなのでした。

子供のときから、めくらとむかいあいに立つと、いつも私は不快な気持になるのでした。ひとりの人間を、まったく生きたものとして感じながら、それと同時に相手のほうでは、こちらと同じように私を感じてはいないのだとわかると、私はある種の羞恥と狼狽を禁ずることができなかったのです。いまの場合も、さかだってもじゃもじゃした白いまゆげの下に、じっと空《くう》に見いっているその死んだ目を見ると、ふと最初に感ずるおどろきに、うちかたなければなりませんでした。しかしめくらのほうは、ながいことこんなうちとけない思いをさせてはおきませんでした。私の手が相手の手にふれるやいなや、その手を猛烈に力をこめてふり、気持のよいがらがらした、あびせかけるような調子で、もういちどあいさつをしなおしたのです。

『これはめずらしい方がおいでなすった』と彼は、私のほうにむかって、はちきれそうな笑い声をたてました。

『ベルリンのおえら方が、わしどものぼろ家にまいこんでこられるなんて、こりゃまあ、ほんとうに奇蹟ですわい……だが、おえらい商売人がお出かけとあらば、用心しなければなりますまい……わしどものところでは、いつもこう言っとりますわ、ジプシーがくるときは門と財布をしめろとね……いや、なぜこのわしなんかをおたずねくださったかは、察しもつきますよ、このおちぶれた貧乏国のドイツでは、もう商売もあがったりじゃ。もう買手もない。そこでだんながたは、またむかしのおとくいを思いだし、いいかもを見つけようとしておられる……。だがわしのところでは、うまい目にはおあいになれそうもないですわ。こちらは貧乏な年よりの年金者で、食卓にパンがでればありがたいところなんですからな。あんたがたがつけるような、気ちがいじみた値だんでは、もうわしらにはとてもおなかまいりはできませんわ……わしらは、永久にしめだされておりますんじゃ』

私は、すぐに、それは誤解であって、なにかを売るためにきたのではなく、ただちょうどこのあたりにやってきたので、うちの店のなが年のおとくいであり、ドイツでは最大の蒐集家のひとりでもあるあなたに、ぜひとも敬意を表していきたいと思っただけなのです、といいました。私が〈ドイツでの最大の蒐集家のひとり〉という言葉をいいおわるやいなや、奇妙な変化がこの老人の顔におこりました。まだ彼は、部屋の中央にまっすぐじっとつっ立ったままでいましたが、とつぜんそのそぶりには、あかるい表情がうかび、内心の誇りがあらわれてでました。『きいたかね？』とでもいいたげに、自分の妻がいると思える方向に身をむけ、よろこびにあふれた声で、たったいままでたのしんでいた軍人らしいらんぼうな口調はどこへやら、ものやわらかな、あまいともいえる調子で、私にむかっていいました。

『それはほんとうに、ほんとうに、うれしいことです……だが、あなたにもむだ足をふんだことにはおさせしません。思いあがったベルリンでさえも、とてもめったに見られぬようなものを、お目にかけましょう……アルベルティーナの美術館や、あのいまいましいパリにも、これ以上のものはないという品々です……ええ、六十年間もあつめていると、どこにでもころがっているといったものではない品物が、いろいろとそろってきますよ。ルイーゼ、戸だなのかぎをかしてごらん！』

しかしこのとき、思いがけぬことがおこりました。いままで夫のそばに立ち、したしげな微笑をうかべ、したしげにそっと耳をかたむけながら、鄭重なものごしでわれわれの会話に加わっていた老婆が、とつぜん私のほうにむかって、懇願するように両手をあげ、それと同時に頭で、はげしくこばむそぶりをして見せるのでした。最初私は、これがなんの合図なのかさっぱりわかりませんでした。彼女はその上ではじめて夫のところへあゆみより、両手を彼の肩の上にそっとおいたのです。

『でも、ヘルヴァルト』と彼女は、警告するようにいいました。『あなたは、この方がいま、コレクションをごらんになる時間がおありかどうか、ぜんぜんおききになっていらっしゃらないじゃありませんか。だってもうすぐおひるになりますよ。それに、お食事のあと一時間は、おやすみにならなきゃいけないんです、お医者さまがはっきりそうおっしゃったのですもの。品物はみんな食事のあとでお見せして、そのあとごいっしょにコーヒーをのんだほうがよろしいんじゃありません? そうすればアンネマリーもかえっていますし、あの子のほうがなにもかもずっとよくわかりますから、あなたのお手つだいができますわ!』

そして、こういいおわるやいなや、彼女はまた、そんなこととは夢にも知らずにいる男の肩ごしに、あの懇願するような、強烈な身ぶりをくりかえすのでした。ようやく私にも、彼女の気持がよみとれました。彼女が、いますぐコレクションを見ることはこばんでほしい、とのぞんでいることがわかったのです。で、即座に、食事の約束がしてあるからという口実をでっちあげました。あなたのコレクションを見せていただけたら、ずいぶんたのしいことだし、たいへん光栄なことでもあるのですが、三時まえにはそれができません、三時以降ならばしかし、よろこんでうかがいたいと思います、とそんなふうに私はいったのでした。

いちばん好きなおもちゃをとりあげられた子供のように、腹をたてながら、彼はぐるりとむきをかえました。

『そうだろうともさ』と彼は、不平そうにいいました。『ベルリンのだんな方っていうのは、いつだってひまなんかないんだ。でも、きょうのところは、ぜひなんとかひまをつくっていただきたいものです。というのも、三点だの五点だのというものじゃない、各作家ごとにまとめて二十七帙あるし、そのうちどれも、半分も空いてはいないんですからな。じゃ、三時としましょう、だが、おくれないできてくださいよ。さもないとぜんぶ見きれないですからな』

また彼は私のほうにむかって、虚空《こくう》に手をのばしました。

『まあ見ててごらんなさい、よろこんでいただけるか——それとも、すばらしすぎて、腹をたてなさるかですな。あなたが腹をたてればたてるほど、それだけわたしのほうは、うれしいわけですわい。わしども蒐集家というのは、そういったもんです。どれもこれも、みんな自分たち自身のためで、ひとさまのためというものは、ひとつもありませんからな！』

そういって、もういちど彼は、力強く私の手をふりました。老婆が、ドアのところまでついてきました。私はもうさっきから、彼女の様子に、ある種のおちつかぬものがあるのに気がついていました。当惑した不安の表情でした。さてしかし、出口のすぐそばまでくると、彼女はぐっと声をひそめて、どもりながらいいました。

『あなたさまを……あなたさまを……おいでいただくまえに、娘のアンネマリーがおむかえに出てもよろしいでしょうか？……そのほうがよろしいのです……いろんなわけがありまして……ホテルでお食事なさるんでございましょう？』

『むろんですとも。そうしていただければさいわいです。ねがってもないことです』と私はいいました。そして事実一時間ほどして、ちょうど私が、中央広場にあるホテルの小さな食堂で、ひるごはんをたべおえたとき、質素な身なりのオールドミスが、人をさがすようにきょろきょろしながらはいってきました。私は彼女のところへ行って名まえを名のり、いますぐにでもコレクションを見におともすることができます、といいました。しかし、とつぜん顔をあからめ、母親がしめしたのとおなじような、混乱した当惑の色をうかべて、出かけるまえにちょっとお話しできないでしょうか、と彼女はたのむのでした。ところが私は、彼女が話をきりだしかねていることに、すぐに気がつきました。なんとか勇を鼓して話しだそうとするたびに、そのおちつきのない、ふわふわとうごく顔のあからみが、ひたいにまであがり、手はしきりに、着物をつかんだりひっぱったりしていました。どもりながら、しょっちゅうあらたに混乱の色を見せながら、とうとう彼女はこういいはじめました。

『母が私を、こちらへよこしたのでございます……母がぜんぶ話してきかせました。そして……母と私は、たいへんなおねがいがあるのでございます……つまり私どもは、あなたさまが父のところへおいでくださるまえに、お耳にいれておきたいのでございます……父はもちろん、自分のコレクションをお見せしたがることでしょう、でもそのコレクション……そのコレクションは……もう完全なものではなく……なかの数点が欠けております……いえ、ざんねんなことでございますが、もうかなりたくさんの点数が……』

また彼女は息をつかなければなりませんでした。それからとつぜん私の顔を見つめると、早口にこういいました。

『すっかり、ありのままにお話ししなくてはなりません……あなたさまは、この時勢をご存じでいらっしゃいましょうから、なにもかもおわかりいただけると存じますが、父は戦争がはじまりましたのちに、すっかりめくらになりました。まえにも視力がよく弱ることがありましたが、戦争の興奮のために、すっかり光をうばわれてしまったのでございましょう――七十六歳だというにもかかわらず、なんとかフランスに従軍したいとのぞんだほどでして、軍隊が一八七〇年のように進軍してゆかないのを見ると、おそろしく興奮してしまい、それで、視力がみるみるおとろえてしまったのでございます。ほかの点では、まだすっかり丈夫でおりまして、つい最近までは、まだ何時間もあるくことができましたし、のみならず、好きな狩りにも行けたほどです。しかし、いまはもう散歩もできなくなりまして、のこったたったひとつのよろこびは、あのコレクションということになりました。父は毎日このコレクションをながめております……と申しましても、もうなにも見えないのでございますから、そのコレクションを見ているのではございません。毎日午後になると帙をぜんぶとりだして、せめてものなぐさみに、作品に手をふれてみるのでございます、ひとつひとつ、いつも自分が何十年来そらんじておりますおなじ順序で……。今日では、ほかにはもうなんの興味もなくしており、私はいつも新聞にでております競売の記事を、ぜんぶ読んできかせなくてはなりませんが、ねだんが高くなればなるほど、父はよろこんでおります……と申しますのも……これがつらいことなのですが、父は、もう物価やこのご時勢のことが、なにもわからなくなっているのでございます……私どもがなにもかもなくしてしまい、年金などでは月に二日もくらしてゆけないことを、存じておりません……その上さらに、私の姉の夫が戦死しまして、姉は四人の子供といっしょにのこされました……がしかし父は、私どもの物質的な困難はなにひとつ知らないのでございます。最初のうち私どもは倹約をいたしました。まえよりももっと倹約をいたしましたが、しかしそれも役にたちませんでした。それから私どもは売りはじめました。もちろん私どもは、父の愛しておりますコレクションには手をつけませんでした。もっておりましたわずかばかりの装飾品を手ばなしたのです。でもまあしかし、それがなにほどになりましたでございましょう、父は六十年来、すこしでもあますことのできましたお金は、ただただ自分の版画につぎこんできたのでございますから。そしてある日、私どもは無一物になってしまいました……このさきどうしてよいものやらわからず……とうとう……とうとう……母と私は版画を一枚売りました。もしわかりましたら、父はけっして許しはしなかったでしょう。父は、どんなにつらい生活かも存じませんし、闇商人からわずかばかりの食料を手にいれるのが、どんなにむつかしいかということも、夢にも気がついていないのです。父はドイツが戦争に負け、エルザスとロートリンゲンが割譲されたことも存じません。興奮させないために、私どもはこういった新聞の記事は、読んであげないことにしているのです。

私どもが売りましたのはずいぶん貴重な品で、レンブラントの銅版画でございました。その古美術商が、それこそ何万マルクという金額を申しでてくれましたので、私どもはそれで、何年となく暮してゆけるものと思いました。でも、ご存じでございましょうが、お金はまるでとけるようになくなってしまいます。のこりの金額はぜんぶ銀行にいれましたが、二ヵ月もたってみると、もう一銭ものこっていませんでした。で、私たちはもう一点売らなければならないことになり、またもう一点、ということになりました。古美術商はいつもひどくおくれてお金を送ってまいりましたので、そのお金はもう価値がすっかりなくなっていました。やがて私どもは競売にだしてみましたが、しかし何百万という値段であったにもかかわらず、やはりここでも人にだまされました……その何百万のお金が私どもの手にとどきましたときには、いつももうなんの値うちもない紙きれになっておりました。こうしてだんだんにコレクションのなかの逸品が人手にわたりまして、のこっていますのは、二、三のいい品物だけでございます。それがみんな、ただほんとうに露命をつないでゆくためだけのことでしたが、父はなんにも気がついていないのでございます。そんなわけで母も、きょうおいでいただきましたときに、あんなにおどろいたのでございます……父があなたさまに帙をひらいてお見せすれば、なにもかもかくしておりましたことがわかってしまうものですから……。と申しますのも、父は手ざわりで、ひとつひとつぜんぶの紙わくをおぼえておりますので、私どもはこの古い紙わくのなかに、売りましたもののかわりとして、複製だの似よりの紙だのをいれておき、父がさわってみましても気がつかないようにしてあるのでございます。父は、さわってみて数をかぞえられるだけですが（順序は正確におぼえておりますので）、それでも以前、ひらいた目で見ておりましたときと、まったくおなじようによろこんでおります。いままでは、父が自分のおたからものをお見せしたいと思うほどの方は、この小さな町にひとりとしてございませんでした。父は、どの絵もどの絵もみんな、それははげしい愛情で愛しております。もしもその絵がみんな、とうに父の手の下から消えさってしまっているのを感づきましたなら、すっかり気落ちしてしまうことでしょう。ずいぶん久しいまえに、ドレースデン銅版画陳列室の所長さんがなくなられて以来、父が帙をお見せしようと思いましたのは、あなたさまがはじめてなのでございます。そんなわけでおねがいしたいのでございますが……』

そういうとこの老嬢は、とつぜん両手をあげ、その目は涙にぬれてきらきら光っていました。

『……私どもふたりのおねがいでございますが……どうぞ父を不幸になさらないでくださいまし……どうぞ私どもを不幸になさらないで……父のこの最後の夢を、こわさないでやってくださいまし。どうぞ私どもにお手をおかしくださり、父があなたさまにご説明する絵が、まだみんなあるものと信じこませてやってくださいまし……そんなことを想像しただけでも、父はもう生きながらえてはおりませんでしょうから。私どもは父にわるいことをしたのかもしれません。でも、どうにもほかにはいたしようがなかったのでございます。なにしろ生きてゆかねばならなかったのですから……そして、人間のいのち、それも姉の子のような、父のない四人の子供のいのちは、印刷された紙きれなどより大切なものでございます……。きょうというこの日まで、私どもはそれでもやはり、父のよろこびだけはうばい去らずにまいりました。父は毎日ひるすぎの三時間、自分の帙をめくってみることができ、人間でも相手にするように、一枚一枚の絵と話をすれば、幸福でいるのでございます。そしてきょうは……きょうはおそらく父のいちばん幸福な日なのでございましょう。数年来、父は、いちどその道のくろうとに、自分の愛蔵品をお見せできる折を、待ちこがれておりましたのですから。おねがいでございます……こうして手をあわせてのおねがいでございます、どうか父のこのよろこびを、こわさないでやってくださいまし！』

こうした話はみな、じつに感動的に語られたのでして、いま私がこうしてあとからお話ししても、とうていうまくは表現できないものです。なんたることでしょう、商人としての私は、インフレのために見るもむざんにあざむかれ、卑劣な手口ですっからかんにまきあげられた人びとを、数多く見てきました。代々何世紀にもわたったまことに貴重な家宝を、一片のバタパンのためにだましとられてしまった人たちです――しかし、この場合は運命がとくべつなものをつくりあげており、それがとりわけ私の心をうったのでした。もちろん私は、秘密をまもり最善をつくすという約束をしました。

私たちはいっしょにでかけてゆきました――その途中私は、どんなにとるにたらないはした金で、このあわれな無知な婦人たちを、人がだましたかということをきき知って、はらわたの煮えくりかえる思いでした。しかしこれは、この婦人たちを最後まで助けようとする私の決意を、かたくするばかりでした。私たちは階段をのぼってゆきました。把手をまわして玄関のドアをあけるやいなや、うれしそうにがらがらひびく老人の声が、もうなかからきこえてきました。『さあおはいり！　さあおはいり。』めくらの耳のよさで、私たちの足おとを、もう階段をあがるときからききつけていたのにちがいありません。

『ヘルヴァルトは、あなたに秘蔵の品をお見せできるのが待ちどおしくて、きょうはぜんぜんねむれませんでした』と、老婆がほほえみながらいいました。娘のちょっとした目くばせで、もう彼女は私が同意したのを見てとり、安心していたのです。机の上には帙の山がいっぱいにひろげられて、人待顔にのっていました。めくらの老人は、私の手にふれるやいなや、あとのあいさつはぬきにしてもう私の腕をつかみ、椅子におしつけるのでした。

『じゃあさっそくはじめましょう――見るものがたくさんあるというのに、ベルリンのだんながたは、いつだってひまがないんですからな。この最初の帙はデューラーです。ごらんになればわかることだが、かなり完全なものだ――しかもいずれおとらぬ逸品ぞろいときている。まあ、ご自分の目で鑑定していただきましょう、ほれごらんなさい！』――といいながら、彼は帙の最初の一枚をひらきました――『大きな馬ですわ。』さてそういって彼は、なにかこわれものにでもふれるように、ものやさしい用心ぶかさで、そおっといたわるように指さきをふれてゆき、その帙から一枚の紙わくをとりだしました。そのわくにはめこんであるのは、なにもかいてない黄ばんだ紙きれでしたが、そのなんの値うちもないほご紙を、老人はすっかり感動しながら、目のまえにさしだしたのでした。彼はそれを何分間ともなくじっと見つめていました。ほんとうに見えるわけはないのですが、それでも恍惚として、その紙きれを、ひろげた手で目の高さにささえており、その顔全体が、ものを見る人のあの緊張した表情を、まぼろしのようにうかべていました。死んだひとみのまま、じっとうごかぬその目のうちに、とつぜん――紙の反射のせいでしたでしょうか、それとも心の内部からでたかがやきだったでしょうか？――光をなげるあかるさが、知性の光がさしてきました。

『どうです』と彼は、ほこらしげにいいました。『これよりうつくしい試刷を、見たことがおありですかな？　どんな細部までも、くっきりときれいにうきでている――ドレースデンの版とくらべてみたことがありますが、あれはこれにくらべると、まるで気迫がなくて、ぼんやりしておる。それにまた絵の系譜がね！　ほら』といって彼は紙をうらがえし、うらがわのなにもかいてない紙の上を、指のつめでひとつひとつ、細密きわまりもなくしめしてみせるのでした。思わず私もつりこまれて、ほんとうにしるしがそこについていないものかと、のぞきこんでみたほどでした――『ほらここに、ナーグラー蔵の印《いん》があり、ここにはレミーとエスデイルの印がある。まえにこの絵をもっていた、こうしたご立派なかたがたも、自分の絵が、こんな小さな部屋のなかにまいこむことがあろうなんて、考えてもみなかったでしょうな』

　なんにも知らないでいるこの老人が、なにひとつかいてない紙きれを、こうも熱狂してほめたたえるのを目のあたりにすると、なにか私はつめたいものが背すじをはしる思いでした。つめのさきでこの老人が、ただ彼の頭のなかにだけ存在しているこうした目に見えない蒐集家の印を、一ミリメートルにわたるまで正確無比にさししめしているさまには、いっしょに見ていて、なにか妖怪じみた気配がありました。うすきみわるさに喉もしめつけられて、なんとも返答の言葉がでてきません。しかし私がすっかり当惑して、ふたりの女のほうを見あげてみると、また私の目は、体をふるわせて興奮しきった老婆の、祈るようにあげた手にであうのでした。私は気をとりなおして、自分の役柄を演じはじめました。

『これはすごい！』と、私はようやくどもりながらいいました。『すばらしい試刷だ』

と、たちまち彼の顔全体がほこらかにかがやきました。

『しかし、こんなのはまだまったく序の口ですわ』と、彼は勝ちほこったようにいい、『それにはまず〈憂愁〉かそれとも〈キリスト受難〉を見ていただかなくちゃあならん。これのほうは色刷りでしてな、二度とふたたびこんなに質のいいものがでてくるとは、とても思えんです、まあごらんになってください』――そして彼の指は、また空想上の絵の上を、いとおしげになぜてゆくのでした――『このみずみずしさ、このひきしまったあたたかい調子、これを見たら、ベルリンの美術商のだんな方も、博物館のおえら方も、みんなびっくり仰天して腰をぬかしてしまうじゃろう』

こうして滔々《とうとう》と語りつづける凱歌は、二時間たっぷりもつづきました。いや、とてもうまくはお話しできません、なんともうすきみのわるいものでした。百枚か二百枚もあろうかという、こうしたただの紙きれかけちくさい複製画を、この老人といっしょにながめていたわけですが、このなにも知らないでいる悲劇的な男の記憶のなかでは、これが未曾有の実在性をおびており、なんのまちがいもなく、順序もくるわさずに、一枚一枚、精密きわまりない細部にわたって、ほめたたえ、説明してゆくのです。とうのむかしに散逸してしまったにちがいない、目に見えないコレクションでしたが、それがこの盲人にとっては、このまことに感動的にあざむかれた人間にとっては、まだまごうかたもなくそこに存在していたのです。そして、彼の幻覚の情熱には、じつに圧倒的なものがありましたので、この私でさえ、それらの絵が目のまえにあるように信じかけたほどでした。こうして見えない絵を見てゆく老人の感激には、夢遊病者のような的確さがそなわっていましたが、ただいちどだけ目ざめの危険が、はっとそれを中断させたことがありました。レンブラントの〈アンティオペ〉（ほんとうに、はかり知れない値うちをもっていたにちがいない試刷でした）をとりだして、またしてもその刷りのするどさをほめているところでしたが、その神経質な視力をそなえた指さきが、いとおしげになぞりながら、おしあとの線を追っていたのです。ところがしかし、とぎすまされた触覚神経は、このにせものの紙の上に、記憶にあるほんもののくぼみを感取しなかったのでした。とつぜん、影のようなものが彼のひたいの上をはしり、声がみだれました。

『これは……これは〈アンティオペ〉でしょうな？』と、彼はすこし狼狽して口ごもりました。

これをきいて私は、すぐに勇気をふるいおこし、わくにはいったその紙をいそいで彼の手からとりあげると、私自身もよくおぼえているその銅版画の図柄を、微にいり細をうがって、感激しながらのべたてたのでした。すると、狼狽したその顔が、また緊張をといてきました。そして、私がその絵をほめればほめるほど、ふしくれだった老いさらばえたこの男のなかに、心のこもった陽気さと、うちとけた誠実な快活さとが、ますますさかんに咲きでてくるのでした。『やっとすこしはわかってくれる方が、いらしたのだ』と彼は、勝ちほこったように家族のほうをむきながら、歓声をあげました。『この絵にどんな値うちがあるかということを、おまえたちもきかせてもらえるお方が、やっといまきてくださったのだ。おまえたちはいつも、人のことを信ぜずに文句ばかりいってきた、わしが金をぜんぶこのコレクションにつぎこんでしまうといってな。それもたしかにそうだ。六十年間というもの、ビールも酒もたばこものまず、旅にもでなければ劇場にもゆかず、本一冊買うでもなかった。ただもうこれらの絵のために、倹約に倹約をかさねてきたのじゃからな。しかしおまえたちもいつかはわかるだろう、わしがもうこの世にいなくなったら——そのときはおまえたちも金持じゃ。町のだれよりも金持だし、ドレースデンの大金持とおなじような金持なんじゃ。そうなっておまえたちにも、わしのあほうさかげんを、もういちどたのしんでもらえるわけじゃよ。がしかしこの目のくろいうちは、たった一枚といえどもこの家から出しはせんぞ——まずこのわしの遺骸をはこびだし、それからあとではじめてわしのコレクションじゃ』

こういいながら彼の手は、まるで生きものでもなぜるように、もうとうに空《から》になってしまった帙の上を、いとおしげになぜているのでした——私にとっては、ぞっとするようなおそろしい光景でありながら、しかしそれと同時に、心をうたれる光景でした。といいますのも、数年にわたる戦争のあいだ、こんなに完全で純粋な幸福の表情が、ドイツ人の顔にあらわれているのは見たことがなかったからです。彼のとなりにふたりの女が立っていました。あのドイツの巨匠の銅版画には、救世主の墓をおとずれるためにやってきて、こじあけられた空《から》の墓穴のまえに立ち、おそろしい驚愕と同時に、奇蹟に酔った敬虔な忘我の表情をうかべている女たちの姿が見られますが、このふたりの女の様子も、ふしぎとこれに似ているのでした。その絵には信徒の女たちが、救世主がおられるという霊感に、顔をかがやかせていますが、ちょうどそれとおなじように、年をとってやつれはてた、このふたりの貧しい小市民の女たちは、老人の、子供のように聖《きよ》らかなよろこびに照らされて、なかば笑い、なかば泣いているのでした。いままでいちども体験したことのないような、感動的な光景でした。しかし老人は、私がいくらほめても満足せずに、渇えたようにどんな言葉ものみこみながら、くりかえし絵をつみあげてはめくってゆくのでした。そんなわけで、ようやくそのにせの帙がかたわらにおしやられ、老人がさからいながらもコーヒーのために机をあけなければならなかったとき、私はほっと胸をなでおろす思いでした。しかし、こんなふうに私が、罪を意識した上でほっと吐息をもらしたところで、そんなものは、三十歳も若がえったこの男の、ふくれあがったそうぞうしいよろこびと得意さにくらべてみれば、まるで問題にもならないものでした。彼は、自分がこれらの絵を買入れたときや、掘出し物をあさったときの、幾千ともしれない挿話を話し、どんな助けも拒否しながら、くりかえして手さぐりで立ちあがり、つぎからつぎへと絵をとりだしてゆくのでした。まるで、酒のせいでもあるかのように、得意満面で、酔いしれていました。しかしとうとう私が、おいとましなければならないといいますと、彼はほんとうにびっくりして、わがままな子供のようにむずかり、足をじたばたさせてだだをこねるのでした。そんなことはできない、まだ半分もお見せしてないのだから、というのです。ふたりの女たちはやっとのことで、汽車におくれるといけないからこれ以上ひきとめてはならないのだということを、強情に腹をたててしまったこの老人にわからせたのでした。

やけっぱちの抵抗をしたあとで、やっと老人がいうことをきき、いよいよわかれをつげる段となると、彼の声はすっかりやさしくなってしまいました。私の両手をとりましたが、彼の指は、盲人のもっている一切の表現能力をかたむけて、やさしく愛撫しながら、手くびのところまでその手をなぜてゆくのでした。その指が、私のことをもっとよく知ろうとし、言葉があらわせる以上に愛情を表明したいかのようでした。

『おたずねいただいて、こんなうれしいことはありませんでした』と彼は、私が生涯わすれられないような、心のおくそこからわきあがった感動を見せて、口をきりました。『いつかはいちど、と思っておったのですが、やっとまた専門の方といっしょに、私の愛する絵を閲覧できたのは、ほんとうにありがたいことでした。しかしあなたにも、むだにこの年とったためくらのところにきてくださったことには、おさせしたくありません。私はここで妻を証人としてお約束しますが、この売立ては、由緒のあるあなたのお店におまかせする旨の一箇条を、私の遺言状のなかにいれておきましょう。世のなかに四散してゆく最後の日まで、この知られざる宝を』――そういいながら彼は、その手をいとおしげに、もうすっかりうばい去られてしまった帙の上におくのでした――『保管するという名誉はあなたのものです。ただ、立派な目録をつくることだけは約束してください。私はそれを墓石にします。それ以上の墓石はいりません』

私は彼の妻と娘のほうを見あげました。ふたりはぴったりとくっつきあっており、おなじ思いの感動にうちふるえる、ただひとつの体ででもあるかのように、ときおりひとつの戦慄が、妻から娘、娘から妻へとつたわるのでした。ひとの胸をうつように、なにひとつ気づかずにいるこの老人が、もうとうに散逸してしまっている、この目に見えないコレクションを、なにか貴重なものでもあるかのように、私の管理にまかせたとき、私自身は、まったく荘重な気持がしていました。心をうたれて私は、自分がけっして果たすことのできない約束を彼にあたえました。また一条の光が、死んだひとみのなかにもえあがり、彼の憧憬が心のおくそこから、このうつし身の私のすがたを、目にしたい、とつとめているのが感じられました。この私の指を、感謝と誓いをこめてにぎっている彼の指には、情愛のふかさがあふれ、それはいかにも愛撫するような、おしつけかただったのです。

ふたりの女が、戸口のところまで私を送ってきてくれました。老人の耳ざとさは、どんな言葉もききもらさなかったので、このふたりは、なにもものをいおうとはしませんでした。しかし、ふたりのまなざしは、どんなに熱い涙にかきくれ、どんなに滔々《とうとう》たる感謝の思いにあふれて、光りかがやきながら、じっとこの私を見つめていたことでしょう！　私はすっかりしびれたようになって、階段を手さぐりでおりてゆきました。はずかしいと思うのが、私のほんとうの気持だったのです。おとぎ話の天使のように、貧しい人びとの部屋にはいりこみ、ひとりのめくらを一時間だけ開眼させたわけですが、それも私としてはただ、善意からでた欺瞞に援助の手をさしのべ、恥知らずな嘘っぱちをしゃべっただけだったのです。しかもその実私がここにやってきたのは、一介のいやしい商人として、二、三の貴重な品を、だましてまきあげるためでした。がしかし、私の手にいれたものは、それ以上のものでした。味気のないおもくるしい時代に、ようやくまた人の純粋な感激を、いきいきと感じとることができたのです。それは、精神の光にくまなく照らされて、ひたすら芸術にむけられた忘我の境地ともいえるものであり、現代の人びとが、もうとうに忘れてしまっているように見えるものでした。私は――ほかにはどうも言いようがないのですが――うやうやしい気持になっていました。ただしかし、なぜかということはどうもわかりませんでしたが、一方ではあいかわらずはずかしい思いがしていたのです。

いつのまにか私は下の往来に立っていました。とそのとき、上のほうで窓のがたがた鳴る音がしたかと思うと、私の名まえをよぶ声がきこえました。ほんとうでした、あの老人は、私がいると思える方向を、見えないその目で見おくろうとしているのでした。窓からひどく身をのりだしているので、ふたりの女が用心のために、その体をささえてやらねばならないほどでしたが、彼はハンカチをうちふり、少年のようにはずんだあかるい声で、『ごきげんよう、お大事に！』と、さけぶのでした。わすれることのできない光景です。見あげるそこの窓のなかには、白髪の老人のうれしそうな顔が、気むずかしい顔つきでせかせかといそがしげに街をゆく人びとの、頭上はるかたかくにうかびあがり、このいとわしい現世から、たのしい幻想の白雲によって、やんわりともちあげられていたのです。私は思わずまた、あの古い真実の言葉を思いおこさずにはいられませんでした――ゲーテがいったのだと思いますが――、『蒐集家は幸福である』と」

一九二四年〔辻理訳〕

書痴メンデル

ふたたびヴィーンにもどってきて、周辺地区で訪問をすませた帰り、思いがけなくにわか雨にあった。人々は雨の鞭に追われて、あわてて門口や軒下に駈けこんだが、そういう私もいそいで雨宿りの場所をさがした。幸いいまのヴィーンには、街かどごとに喫茶店が待っている――それで私は、ちょうど向かい側にある喫茶店に逃げこんだ。もう帽子からはしずくが垂れ、肩はずぶぬれで気持悪かった。中に入ってみると、おきまりの、ほとんど型通りといっていい町はずれの喫茶店であることがわかった。旧市内の店にある、ドイツをまねて造ったダンスホールのような最新流行の客寄せがあるでもなく、いかにも古いヴィーン風に小市民的な店で、菓子を食べるよりは新聞を読んでいるつつましい人々でいっぱいだった。夕刻のこととて、そうでなくてももうむっとするような空気は、青いタバコの煙の輪で濃く大理石のような縞目をつけられていたが、それでもこの喫茶店には、明らかに新しいビロードのソファやアルミニュームの明るいカウンターがあって、さっぱりした感じを与えた。いそいでいたために、店の名前を読みとるまでの労は全然払っていなかった。別にその必要もないではないか――ところで、私は暖かい店のなかにすわって、いつになったらこの厄介な雨に数キロ先へ移って行ってもらえるものかといらいらしながら、雨の青く流れるガラス窓から外を眺めていた。

こうしてなにもせずにすわっているうちに、私はもう、ほんとうのヴィーンの喫茶店にはつきものの、麻酔剤のように目に見えず流れ出すあの受身のけだるい気持におちいりはじめた。こういう空虚な感情にひたりながら、私は、この喫煙室の人工の光のせいで眼のまわりに不健康な灰色の隈をつくっている客の一人一人の顔をじっと見つめたり、カウンターに立っているウェイトレスが、コーヒー茶碗の一つ一つに砂糖とスプーンをのせてボーイに渡すのを眺めたり、壁にはってあるまったくどうでもいいような広告を、半ばは覚め、半ばは無意識に読んでみたりした。そして、こういうぼんやりした気分をほとんど快くさえ感じていた。しかしとつぜん、私はこういううつらうつらした状態から奇妙な覚めかたをした。心のなかがなにか不安に動揺しはじめた。ちょうどちょっとした歯痛のようで、そういうときには痛みが右からくるのか左からくるのか、それとも下あごからはじまるのか上あごからなのかまだよくわからないのだ。私はぼんやりした緊張を、精神的な不安を、感ずるだけだった。なぜならとつぜん――なにによるのかははっきりわからなかったが――私は、何年か前にこの店にきたことがあるにちがいない、ここの壁や椅子やテーブルや、タバコの煙でもうもうたるこのなじみのない部屋になにかの思い出で結びつけられているにちがいない、ということを意識したのである。

しかしその思い出をたぐりよせようとすればするほど、それは意地悪くするすると後退した——くらげのように意識の奥底ににぶく光っているが、どうしてもしっかと手でつかむことができないのだ。私は調度の一つ一つに空しく目をそそいだ。たしかに見おぼえのないものも多かった。たとえばがちゃんと鳴るレジスターを置いたカウンター、まがいのかりんを張った褐色の壁などだが、これらはすべてあとになってととのえられたものにちがいない。しかしそれでも、私はやはり二十年かもっと前に、ここにきたことがある。私自身の、とうに生長した自我の或る部分が、木の中の釘のように目に見えないところにかくれて、ここにへばりついていた。私はすべての感覚をむりに張りつめ、押し出して、部屋のなかをさぐると同時に、私の内部へも入っていった——それなのに、なんたることだ！ 私自身のうちに埋没して行方不明になったこの思い出を、どうしてもとらえることができないのだ。

なにかどうにもならないことがあって、精神力の不足と不完全さを認めさせられるといつも腹がたつものだが、私もそういうときのように腹がたった。しかし、その思い出をどうしてもつかまえてやろうという望みを捨てはしなかった。ちょっとした手がかりでもいいから手に入れなければならない、ということはわかっていた。というのは、私の記憶には奇妙な性質があって、一面では反抗的でわがままなところがあるかと思えば、他面またおそろしくきちょうめんなところがあった。これはいい性質であると同時に、よくない性質でもある。そしてこの記憶は、事件や人の顔や読んだこと、体験したことの中でも一番大切なところをしばしば完全に奥深くのみこんで、意志が呼びかけたくらいではその意識下の世界から自発的になに一つ出しはしないのである。しかし、ほんのちょっとした手がかりでもいいからつかまえなくてはならない。一枚の絵はがき、封筒に書かれた二、三行、すすけた新聞紙一枚でもあれば、すぐに、忘れたことが、釣針にかかった魚のように暗い流れの表面から、ぴちぴちとそっくりその全身をあらわして上ってくるのだ。そうなれば、ある人間の細かなところを一つ一つ思い出せる。その口や、また、笑うとその口の左に欠歯が見えることや、がらがらした笑い声や、笑うとき口ひげがぴくぴく動くことなどだが、その笑いからまた別の新しい顔が浮かびあがってくるのだ——こうしたすべてのことが、たちまち完全な幻像となってありありと私の眼に映じ、その人間が私に話す一言一言が、数年も前にさかのぼって思い出される。しかし過去のことをはっきりと思い浮かべ、感ずるためには、私には具体的な刺激、現実からのほんのちょっとした手助けが必要だった。それで私は、もっと緊張して考えることができるために、あの神秘の手がかりに形を与え、しっかとつかもうとするために、目を閉じた。しかし、なに一つ思い出せない。またもやなに一つ思い出せないのだ。どこかに埋もれ、忘れられてしまったのだ！　それで私は、こめかみのあいだにある、たちの悪いわがままな記憶機械に腹をたてて、けしからぬことに、出るはずのものを出さないこわれた自動販売機をゆすぶるように、げんこつでひたいをなぐりかねまじきありさまだった。いやもうこれ以上落着いてすわってはいられなかった。それほどにも、心のもどかしさに興奮させられたのである。私はむかっ腹をたてて、一息入れようと立ちあがった。ところがふしぎなことに——店を通りぬけようと二、三歩あるきかけたかと思うと、もう最初の燐光のようなうす明りが、ちらちら、きらきらと、心の中に光りはじめたのだ。私は思い出した。カウンターから右へ行くと、窓がなく、人工の照明しかない部屋に達するはずだった。そして、ほんとうにその通りだった。その部屋は、張ってある壁紙は前とちがっていたが、プロポーションはそっくりそのままだった。線のぼやけかけているこの長方形の奥部屋は、娯楽室だった。本能的に個々の調度を見まわしていると、もううれしそうに神経がふるえ出した(すぐにいっさいがわかると感じたのである)。玉突台が二つ、静まり返った緑の泥沼のように、所在なげに立っていた。すみにはカルタのテーブルがいくつかうずくまっていて、その一つで、枢密顧問官か大学教授といったタイプの二人がチェスをさしていた。すみにある鉄のストーブのすぐそばの、電話室へ行く通路のところに、小さな四角のテーブルが一つあった。そのときとつぜん、私は電光に貫かれるような気がした。すぐにわかったのだ。ただ一つのはげしい、幸福に心ゆすぶられるような衝撃をうけて、すぐに思い出したのである。ああ、あれはメンデルの席だったのだ。ヤーコプ・メンデルの、書痴メンデルの席だったのだ。二十年後のいま、彼の本陣であるアルザー上通りのカフェー・グルックにまたはいりこんだのだった。ヤーコプ・メンデル、どうして私は彼のことをこんなにわけのわからぬほど長く忘れていられたのだろう。大学と狭い範囲の尊敬すべき人々のあいだで有名だった奇人中の奇人、伝統的な人物、俗世をはなれたこの世界の奇蹟を——毎日朝から晩まで身動きもせずにここにすわっていた書物の賢人、書物の仲買人を、知識の象徴とも言うべく、カフェー・グルックの看板であり名誉であった人物を、どうして記憶から失うようなことがあったのだろう。

そして私がまぶたのうしろの自分の内部に目をむけたのは、この一瞬だけにちがいないが、そのときはもう、まるで彫刻家のような光をあてられた血のなかから、見まごうかたなき彼の彫塑的なすがたが浮かびあがってきた。私はすぐに、彼がいつも、大理石の板が灰色に汚れたそこの四角なテーブルの前にすわっているすがたを、ありありと思い浮かべた。机の上には、いつも本やパンフレットがいっぱい積んであった。彼はそこに、身動きもせずどっしりとすわりこみ、眼鏡をかけた目で、まるで催眠術にかかったようにじいっと本を見つめていたり、そこにすわりこんで本を読みながらぶつぶつつぶやき、しみのあるつやの悪い禿げ頭とからだとを前後にゆすぶっていた。それは東欧のユダヤ人の幼稚園ケーダー以来身についた習慣である。ここのテーブルで、いやこのテーブルでのみ彼はカタログや本を読んだが、その読みかたたるやユダヤ人学校で教えられた通りのもので、小声で歌い、からだをゆすぶりながら読むのであった。まるで黒いゆりかごのようである。なぜなら、子供が眠りにおちるときはこういうふうにリズミカルに催眠術のように揺られてだんだんに意識を失って行くのであるが、ユダヤ教徒の見解によれば、それと同じように人間の精神も、無為のからだをこういうふうにゆすぶっていれば、沈潜の恩寵により容易に入ることができるのである。そして事実このヤーコプ・メンデルは、自分のまわりのなにものをも見もしなければ聞きもしなかった。彼のそばでは、玉を突く人々がわいわいさわぎ、ゲーム取りが走り、電話ががちゃがちゃ言っていた。床を掃いたり、ストーブをたいたりすることもあったが、彼はそんなことにはいっさい気がつかなかった。あるとき燃えている石炭がストーブからころげおちたかと思うと、もう彼から二歩離れたところで、寄木張りの床がこげくさくなって煙を出した。そのときはじめて、きなくさい臭いで一人の客が危険に気づき、いそいで煙を消そうと駈けつけた。ところが当のヤーコプ・メンデルは、そこから二インチしか離れていないところで、もう煙にかこまれていたというのに、なにも気づかなかったのだ。なぜなら、彼は本を読んでいたのである。それは他の人がお祈りをし、賭博師が賭けをし、酔っぱらいが麻痺したように虚空を凝視しているのと同じことで、その読みっぷりには人の心を動かすほどの沈潜ぶりが見られたから、それからというものは、ほかの人の読みかたはすべて、いつも私には俗っぽいもののように思われた。この小柄なガリチア生まれの書籍仲買人ヤーコプ・メンデルのうちに、徹底的な精神集中という偉大な神秘を、私は青年時代にはじめて見たのだった。この神秘こそ、完全に憑かれたこの悲劇的な運不運こそ、人を芸術家にも学者にも、ほんとうの賢人にも完全な狂人にもするものである。

私を彼のところへつれて行ったのは、大学の年上の同僚だった。私はそのころ、今日ですらほんのわずかしかみとめられていないパラツェルズス的な医者にして催眠術者のメスメル〔一七三四―一八一五。オーストリアの医者。磁気説の提唱者として有名〕を研究していたが、むろん大した成果はあげられなかった。彼に関する著作が十分でないことがわかったのである。新米で無邪気だった私が図書館の司書に教えを乞うと、彼はぶあいそうにぶつくさ言って、文献調べはあなたのやることで、自分の仕事ではないと言った。そのときはじめて、例の同僚がメンデルの名前を教えてくれたのだった。「いっしょにメンデルのところへ行ってあげよう」と、彼は私に約束した、「メンデルはなんでも知っているし、なんでもやってくれるよ。どんなに忘れ去られたドイツの古本屋からでもどんな本でもとりよせてくれる。ヴィーンで一番有能な男で、その上にもう一つ奇人なんだ。死滅しつつある前世界の本の大トカゲというところだろう」

それでわれわれは、二人でカフェー・グルックへ出かけた。するとどうだろう、そこに眼鏡をかけ、ひげをはやし放題にして黒服を着た書痴メンデルがすわっていたのだ。そして本を読みながら、風に吹かれる黒いやぶのようにからだをゆすぶっていた。彼はわれわれの近づくのに気づかなかった。彼はただそこにすわって読み、テーブルの上で上体を首ふり人形のように前後にゆすっていた。そしてそのうしろで、これまた雑誌や書類をいっぱいつめこんだ、黒いやぶけた外套が釘にかかったまま振子のようにゆれていた。私の友人は、あいさつがわりに大きなせきばらいをした。しかし、分厚い眼鏡をぴったり本におしつけるようにしていたメンデルは、まだ全然気がつかなかった。とうとう友人は、ドアをノックするときと同じように大きな音をたてて強く、テーブルの板をたたいた――それでとうとう、メンデルはじろりと上を見あげ、いかつい鉄ぶちの眼鏡を機械的にいそいでひたいに押しあげた。すると、さか立った灰色の眉毛の下から、一風変った二つの目が刺すようにわれわれを見た。小さな黒い、ゆだんのない目で、それが蛇の舌のようにすばやく、鋭く、ちょろちょろと動いた。友人に紹介されてから、私は用件を説明した。私ははじめに――友人があらかじめ、こういう手管を使えと大いにすすめてくれたのだ――怒ったふりをして、図書館の司書がなにも教えてくれようとしない、と文句を言った。メンデルは椅子のうしろによりかかって、注意ぶかく唾を吐いた。それから、ひどく東欧なまりのあるわかりにくい言葉で短い笑い声をあげた。「教えようとしなかった、ですって？　とんでもない――教えられなかったんですよ。馬鹿なんですよ、あいつは。しらがのおいぼれろ
ばなんです。もうこれで、遺憾ながらやっこさんを知ってからたっぷり二十年にもなりますがね、相変らず一つも勉強しちゃいないんですよ。やっこさんたちにできることっていったら、月給をもらうだけなんですからね。ああいった先生たちは、本のそばにすわるよりは煉瓦でも造っていたほうがましなん

ですよ」

こうやって思うさまうっぷんを晴らしたので、固さがほぐれ、彼は心安く手まねきして、メモをいっぱい書きこんだ大理石の角テーブルに私をはじめて呼んだ。私にはまだ見当のつかない、愛書家の啓示の祭壇である。私はいそいで希望をのべた。磁気説に関する同時代人の著作、および後世のあらゆる著作、メスメルにたいする賛否の論争を手に入れたいというわけである。話しおえると、メンデルは射撃する前の射手そっくりに一秒ほど左の目をつぶった。しかし注意力を集中するこういうしぐさは、ほんとうにただの一秒しかつづかなかった。そのあとすぐに、目に見えないカタログから読みあげるように、二、三十冊の本をすらすらと数えあげた。しかもその一冊一冊について、出版社の名と発行年、だいたいの値段を言ってのけたのである。私は唖然とした。予期してはいたものの、まさかこんなにみごとだとは思っていなかった。しかし、私の唖然たるようすが彼には快かったらしい。なぜなら彼はすぐに記憶のキイをたたいて、私の主題のみごとな図書館司書的変奏を演奏しつづけたからである。あなたは夢遊病学者のことも知りたくはありませんか？　最初の催眠術のこころみ、ガスナー、降魔術、クリスチャン・サイエンス〔キリスト教的精神療法〕、ブラバツキー〔一八三一―九一。一八七五年に接神術協会を創立〕などはいかがです？　またもや、人の名や本の標題や記述などがぽんぽん飛び出してきた。このときになってやっと私は、ヤーコプ・メンデルにおいて唯一無二の記憶の奇蹟、ほかならぬ百科辞典、二本足で立つ世界カタログにぶつかったことを理解した。私は頭がもうろうとしてきて、この図書学の奇蹟をじっと見つめていた。その奇蹟が、ガリチア生まれの小さな書籍仲買人という見ばえのしない、いやいくらか脂じみてよごれてさえいる着物のなかに包まれているのだ。彼は八十ほどの名前をぽんぽんとはじき出したあとで、さりげない風をよそおってはいたが、心のなかでは最後の切札を出して満足しながら、以前には白かっただろうと思われるハンカチを出して眼鏡をふいた。私はおどろきをかくそうとして、その本のうちどれくらい手に入れてもらえるかと、ためらいがちにたずねた。「そうですね、どこまでやれるかやってみなくちゃ」と、彼はうなるように言った、「どうか明日またお出でください。このメンデルがそのあいだにきっといくらかは見つけましょう。見つからないものは、またどこかで見つかりますよ。鋤があれば運もむいてくるというものでさあ。」私はていねいにお礼を言ったが、敬意を払うあまりに、うっかりとんでもない馬鹿なことをやってしまった。希望する本の標題をメモしようかと言ったのである。そのとたんに、友人が警告するようにひじでつくのを感じた。しかしもうおそかった。メンデルは私に一瞥を投げた——それはなんという一瞥だったろう！——勝ち誇っていると同時に傷つけられた目つき、嘲笑的で優越的な目つき、まさしく王者の目つきであり、不敗の英雄マクベスがマクダフに戦わずして降服するよう求められたときのシェイクスピア的な目つきであった。それから彼はまた、短い笑い声をたてた。大きな咽喉ぼとけが目に見えて上下に動いた。彼は乱暴な言葉をやっとのことで呑みこんだようだった。

この善良で有能な書痴メンデルだったら、どんなに乱暴なことを言っても当然だったろう。なぜなら、よそ者か、なにも知らない者――彼に言わせれば〈アムホレツ〔掟を知らぬ者の意のヘブライ語〕〉――でもなければ、ほかならぬこのヤーコプ・メンデルにむかって、この無比の、ダイヤモンドのような書物の頭脳がかつてそういう粗雑な補助手段を必要としたことがあったとでもいうように、本屋の小僧か図書館の小使を相手としているときのように、本の標題をメモしてくれなどというような侮辱的要求を持ち出すはずはなかったからである。あとになってやっと私は、自分のていねいな申し出によってこの浮世を離れた天才をどれほど傷つけたにちがいないかがわかった。ひげに埋もれ、しわくちゃで、おまけに猫背のガリチア生まれの小男ヤーコプ・メンデルは、記憶の巨人《タイタン》ともいうべき人だったのだ。灰色のこけにおおわれた、石灰のような、よごれたひたいのうしろには、目に見えぬ精霊の文字で、かつて本の扉に印刷されたことのあるすべての人名と本の名とが、まるで鋳鋼で打ちぬかれているようだった。彼はきのう出た本も二百年前のも、どんな本でも、一目見ただけで正確に発行所、著者、新本古本の値段をおぼえ、どの本でも同時に装幀、さしえ、添えられた模写図をまちがいなく思い浮かべた。彼は、自分で手にしたことがある本でも、もしくは陳列窓や図書館にあるのを一度遠くから眺めただけのものでも、すべてを、創造的な芸術家がまだ他の人の目には見えない内面の像を見るのと同じように、視覚的にはっきりと見たのである。たとえばある本がレーゲンスブルクの古本屋のカタログに六マルクで出ていると、彼はすぐに、同じ版の別の本が二年前ヴィーンの競売では四クローネで手に入ったことを思い出し、同時にその買手までも思い出したのである。さよう、ヤーコプ・メンデルは一つの標題、一つの発行年すらかつて忘れたことがなかった。彼は書物という永遠に震動し、たえずゆすぶられる宇宙の、あらゆる植物、あらゆる滴虫類、あらゆる星を知っていたのだ。彼はどの専門でも、専門家以上の知識を持ち、司書よりも図書館のことにくわしく、たいていの出版社の在庫品を、むこうにはメモや索引があるというのに、その店主よりもよく暗記していた。しかも彼のほうは、記憶の魔術、百もの個々の実例にあたらなければほんとうには説明できない無比の記憶力しか使わなかったのである。もちろんこの記憶は、いかなる完成にも伴なう永遠の秘密、すなわち精神集中によらなければ、これほど超人的にまちがいなく訓練され作りあげられるものではなかった。この一風変った人物は、本以外の世間のことはなに一つ知らなかった。なぜなら、存在のあらゆる現象は、活字に鋳られ、本のなかに集められて、いわば消毒されたときにはじめて彼にとっては現実のものとなりはじめるからである。しかしその本自体を、彼はなにもその意味や精神的物語的な内容を知ろうとして読んだわけではない。ただ本の名前、値段、外観、最初の扉だけが彼の情熱を惹くのである。この記憶力は結局のところ非生産的で非創造的なものであり、ふつうなら本のカタログに書きこまれるはずのが一哺乳動物のやわらかな大脳皮質に刻みこまれた十万桁にものぼる人名と標題との表にすぎなかったが、それでもヤーコプ・メンデルの古本に限っての記憶力は、現象としてただ一回現われる完成度の高さから言って、人の顔にたいするナポレオンの記憶力、言語にたいするメッツォファンティ〔一七七四―一八四九。語学者で枢機卿、博言家の代表者〕の、チェスの序盤にたいするラスカー〔一八六八―一九四一。一八九四―一九二一年までチェスの世界選手権保持者〕の、音楽にたいするブゾーニ〔一八六六―一九二四。イタリアの作曲家、演奏家〕の記憶力とくらべてなんらひけをとるものではなかった。大学の研究室に入り、公けの地位についたならば、この頭脳は何千何万という学生や学者に教えを垂れ、彼らを驚嘆させたであろう。そして学問に稗益し、われわれが図書館と呼ぶ公開の宝庫にとって比類なき利益をもたらしたであろう。しかしこういう上層の世界は、ユダヤ人学校以上のことは大してものにできなかったこの小柄で無教育のガリチア生まれの書籍仲買人にとっては、永久に閉ざされた世界であった。そのため彼の驚くべき能力は、カフェー・グルックのあの大理石のテーブルの前で、神秘科学として力を発揮することができただけだった。しかしひとたび偉大な心理学者があらわれて（こういう仕事が依然としてわれわれの精神界に欠けているのだ）、ビュフォン〔一七〇七―八八。フランスの博物学者、《博物誌》を刊行〕が動物の変種を整理し分類したときと同じようにうまずたゆまず、われわれが記憶と呼ぶ不可思議な力のあらゆる変種、種、原形を別々にわけて記述し、その変形を明らかにしようとするならば、どうしてもヤーコプ・メンデルのことにふれないわけにはいかないだろう。メンデルこそは値段と標題との天才であり、古本学の無名の大家なのだ。

職業から言っても、また、知らない人にとっても、ヤーコプ・メンデルはもちろんたんなる本の行商人としか思えなかった。日曜ごとに「新自由新聞」と「新ヴィーン新聞」に、「古本、最高価格で買います。即刻参上。メンデル。アルザー上通り」というきまりきった広告がのり、そのあとに電話番号がしるされていたが、それはじつはカフェー・グルックの電話番号であった。彼は在庫品を残るくまなくさがしまわって、カイゼルひげをはやした年よりの下男といっしょに、毎週その戦利品を本陣に引きずってくる。そしてそこからまたよそへ持って行くのである。正規の本屋をやる許可証を持っていなかったのだ。だからいつまでもささやかな行商であり、収入の少ない営業だった。学生たちが彼に売った教科書は、上級生からそのときどきの下級生の手にわたるのだった。そのほか彼はどんな本でも、さがすことを頼まれれば、わずかの手数料をとるだけでとりよせてくれた。相談料は安かった。しかし金は彼の世界の内部ではなんの意味も持ってはいなかった。なぜなら、彼はいつでも同じすりきれた服を着て、朝と午後と晩に牛乳を飲んでパンを二きれ食べ、昼には料理屋からちょっとしたものをとりよせて食べるすがたが見られるだけだったからである。彼はタバコもすわず、勝負ごともやらなかった。いや、生きていなかったと言ってもいいだろう。ただ二つの目だけが眼鏡のうしろで生きていて、たえず言葉と標題と名前を食べては、脳髄というあの不可思議な生きものを養っていた。そしてこのやわらかな多産な脳のかたまりは、草原が幾千幾万の雨滴を吸いこむように、このたくさんの養分を吸収するのである。彼は人間には興味を持たなかった。そして人間のあらゆる情熱のうちで彼の知っているのはおそらくただ一つ、もちろんもっとも人間的な情熱ではあるが、虚栄という情熱だけであった。だれかがほかをさんざんにさがしまわって疲れはてたあげく、教えを乞いにきたときに、一ぺんに教えてやれること、それだけが彼にとっては満足であり快楽であった。それにもう一つ、ヴィーンその他のところに彼を尊敬し、必要とする人が二、三十人いるということも彼にとってうれしいことであったろう。われわれが大都会と呼ぶ、数百万人から成る手に負えぬ集団には、そのどれにも常に、わずかな箇所にいくつかの小さな切子面がつけられていて、そのちっぽけな表面にまったく同じ宇宙を映している。それは大部分の人の目には見えず、情熱を同じくする玄人《くろうと》にとってのみ貴重なのである。そしてこういう本の玄人はみんな、ヤーコプ・メンデルを知っていた。なにかの楽譜に関して教えてもらいたいときには音楽愛好家協会のオイゼビウス・マンディチェフスキーのところへ行けば、灰色のふちなし帽をかぶった当人が、書類と楽譜に埋もれてあいそよくすわっており、どんなむつかしい問題でも目をあげただけで微笑しながら解いてくれるし、むかしのヴィーンの劇場や文化のことを知りたい人はだれでも、今日なお、博識のグロッシーおやじのところへまちがいなく出かけて行く。信念の堅い何人かのヴィーンの愛書家は、とくべつの難問にぶつかると、それらの場合と同じように信頼しきって、きまりきったことのようにカフェー・グルックのヤーコプ・メンデルのもとをおとずれるのである。そういう話をしているメンデルを眺めていると、若くて好奇心の強かった私は、特殊の楽しみを与えられた。ふだんつまらぬ本を出されると、軽蔑したようにばたんと表紙をとじて、「二クローネ」とぶあいそうに言うだけだったが、稀書か珍本だとうやうやしくあとしざりして、一枚の紙を下にあてた。そして彼が急に、インクでよごれた、爪の黒い指を恥じているのがわかった。それから彼は、やさしく注意ぶかく、おそろしいほどの尊敬をこめて、その稀書を一ページずつめくりはじめる。ほんとうの信者の祈禱をさまたげることができないのと同じように、こういうときの彼をさまたげることはだれにもできなかった。そして事実、眺めたりさわったり、嗅いだり重さをはかったりする個々のしぐさのどれにも、儀式めいたところ、祭式のきまった手順めいたところがあった。曲がった背中をあちこちに動かしながら、彼はなにやらぶつぶつつぶやき、髪をかきまわし、奇妙な母音の原音を発する。それは長くのばした、ほとんどびっくりしたような「ああ」とか「おお」という感嘆の声だったが、一ページ欠けていたり一枚虫に食われたりしていることがわかると、早口でぎょっとしたような「やっ」とか「やっ、惜しい」になるのだった。おしまいに彼はその古本をうやうやしく手にのせて重さをはかり、センチメンタルな娘がチュベローズのにおいをかぐときのように感動して、半ば目をとじたまま、無細工な四角の本に鼻をくっつけてにおいをかぐのである。こういう多少めんどうな手続きがとられているあいだ、もちろん本の持主はじっとがまんしていなければならない。しかし検査がすむと、メンデルはよろこんで、いや、ほんとうに感激してしまって、どんなことでも教えてくれるのだが、それにはかならず、大がかりなエピソードや、同じような本につけられた劇的な値段の話などがつけたされた。こういうとき、彼はいつもより明るく、若く、生き生きとしてくるように見えた。おそろしく腹をたてるのはただ一つ、新米がこういう評価のお礼に金を出すことだった。そういうとき彼は心を傷つけられて、アメリカ人の観光客に説明のお礼としてチップをにぎらされそうになった美術館顧問官のように、あとしざりするのだった。貴重な本を手にすることが許されるのは、メンデルにとっては、他の人が女とあいびきするようなものだったからである。こういう数秒間は彼のプラトニックな恋の夜だった。彼を支配する力を持っているのは本だけで、けっして金ではなかった。だから大収集家たち——そのなかにはプリンストン大学の創立者もいたが——が、彼を自分の図書館の顧問兼購入係として招聘しようとしたが、むだだった——ヤーコプ・メンデルは拒絶した。彼はカフェー・グルック以外には考えられない人物であった。三十三年前、まだひげがやわらかで黒くふさふさし、ひたいにちぢれた捲き毛を垂らしていた小柄で猫背の若者が、ラビの学位をとる勉強をしに、東の方からヴィーンへとやってきた。しかしまもなく、彼は峻厳な唯一神ヤーヴェを捨てて、書物というきらきらきらめく多神教に帰依したのだった。そのとき彼はまずカフェー・グルックに行ったのだが、そこがしだいに彼の仕事場となり、本陣となり、郵便局となり、彼の世界となった。天文学者がただ一人、天文台に上って望遠鏡の小さな円穴から毎晩幾万の星を眺めてその神秘にみちた運行、その歩みの交錯、その消滅と再燃を観測するように、ヤーコプ・メンデルは、眼鏡を通して、この四角のテーブルから同じく永遠に回転し、生まれ変ってゆく書物という別の宇宙、われわれの世界の上にあるこの世界を見つめているのである。

当然彼はカフェー・グルックでは重んじられていた。この店は、「アルセスト」や「イフィゲニア」の作者である大音楽家クリストフ・ヴィリバルト・グルックの名を頂いているということよりも、われわれにとってはむしろ、目に見えない講壇があるということで評判だったのである。ここでのメンデルは、古い桜材のカウンターやへたくそにつぎはぎした二台の玉突台、銅のコーヒーわかしなどと同じく、店の家財道具の一つであった。そして彼のテーブルは、聖遺物のようにたいせつにされていた。なぜなら、彼の数多いお客と探書家は、やってくるたびに給仕に、あいそよくなにか注文させせられてしまうのである。そのため彼の「学」によるかせぎの大部分は、給仕頭ドイブラーの腰にさげた大きな革のさいふに流れこむのであった。そのかわり書痴メンデルは、さまざまの特権を享受した。電話はかってに使えたし、手紙はとっておいてもらえ、頼みごとはなんでもやってもらえた。年とった働き者の掃除婦が彼の外套にブラシをかけ、ボタンをぬいつけ、毎週せんたくものを一包み出してくれた。彼だけが近くの料理屋から昼食をとってもよかった。そして毎朝、店主のシュタントハルトナー氏みずから彼のテーブルにやってきて、あいさつした(もちろんたいていは、本に没頭しているヤーコプ・メンデルはそのあいさつに気づかなかった)。朝の七時半きっちりに彼は店に入ってきて、あかりを消すときになってやっと、出て行くのだった。ほかの客に話しかけることはけっしてなかった。新聞は読まず、どんな変化にも気づかなかった。あるときシュタントハルトナー氏が、以前のガス燈のにぶい、ちらちらする光よりも、電燈のほうが本が読みやすくはないかとていねいにたずねたとき、彼は不審そうに電球をじっと見上げた。何日にもわたる取りつけ作業でがたがたとさわがしかったのに、彼はこうした変化に全然気がつかなかったのである。眼鏡の二つの円い穴、この二つのきらきら輝いていっさいを吸いこむレンズを通して、活字という数十億の黒い滴虫類が濾過されて脳髄へ入ってゆくだけで、その他のできごとはすべて、空しい雑音として彼のそばを流れすぎるのであった。じっさい彼は三十年以上、つまり彼の人生の起きている時間のことごとくを、もっぱらこの店のこの四角なテーブルの前で、読んだり比較したり見積りをしたりしながらすごしたのであって、睡眠によって中断されるだけの夢をたえまなく見つづけていたようなものである。

だからいま私は、神託を受けるヤーコプ・メンデルの大理石のテーブルが、まるで墓石のように空しく、この部屋にぼんやりと光っているのを見たとき、一種の驚愕におそわれた。年とったいまになってはじめて、私はこういう人間が一人一人いなくなってゆくとともに、どんなに多くのものが失われるかがわかるようになった。それはまず第一に、救いようもなく単調になってゆくわれわれの世界にあっては、二度と出ないものはすべて日に日にその貴重さを増してゆくものだからである。それから、若くて世間知らずだったかつての私は、このヤーコプ・メンデルを、はっきりわからぬながらも心の奥底でたいへん好いていたからである。それでも、彼を忘れるというようなことがあったのだ――もちろん戦争の時代だったたし、私も彼と同じように自分の仕事に没頭していたためもあるのだが。私はいまこの空っぽのテーブルの前に立って、彼にたいする一種のやましさを感ずると同時に、新たに好奇心がかきたてられるのを感じた。

いったい彼はどこに行ってしまったのだろう。彼の身の上にはどういうことが起ったのだろう。私は給仕を呼んできいてみた。「存じません。残念ながらメンデルさんというかたは存じませんね。そういう名前のかたはこのカフェーにはおいでになりません。でも、もしかしたら給仕頭が知っているかもしれません。」給仕頭が太鼓腹をつき出して重々しげにやってきた。彼はためらい、考えこんだ。「いいえ、私もメンデルさんというかたは存じません。でも、あなたのおっしゃるのはマンドルさんではありませんか。フローリアン街の小間物商のマンドルさんでは。」唇に苦いものがこみあげてきた。無常の味である。ふみしめた靴の下から、風が最後の足跡までも吹きとばしてしまうものならば、人はなんのために生きるのであろう。三十年、いやおそらくは四十年のあいだ、一人の人間がこの数平方メートルの部屋で呼吸し、読み、考え、話していたというのに、たった三年か四年たっただけで、新しいファラオの時代になると、もうヨーゼフのことを知る者はなくなったのと同じことで、カフェー・グルックではもはやだれ一人としてヤーコプ・メンデル、書痴メンデルのことを知る者はないのだ。私はほとんど腹をたてんばかりになって、給仕頭に、シュタントハルトナーさんにお目にかかれまいか、それともだれかほかにむかしの従業員はいないか、とたずねた。「ああ、シュタントハルトナーさんですか。それはそれは。あのかたはとっくにこの店を売っておしまいになり、それからあとでなくなられました。もとの給仕頭はいまクレームス近在の自分の地所で暮らしています。ここにはもうだれもいません……それとも、ちがったかな。そうそう――シュポールシルおばさんがいましたよ、掃除婦の（通称チョコレートおばさんです）。でもおばさんだってお客の一人一人をもうとてもおぼえてはいないと思いますが。」私はすぐに、ヤーコプ・メンデルのような人だったら忘れてはいないと考えて、おばさんを呼んでもらった。

白髪をもしゃもしゃにしたシュポールシルおばさんが、すこし水腫のできたような足どりで、奥の部屋から出てきた。赤くなった手を布でまだせわしげにぬぐっている。明らかに自分の暗い部屋の掃除か窓ふきをしていたところなのだ。落着かなげなようすなので、私はすぐに気がついた。いきなり店の前のほうの、大きな電燈の輝やく立派な場所に呼び出されたのがあまりうれしくなかったのだ。だから、彼女は私をはじめは疑わしげに見つめた。下から見上げる、ひどく用心ぶかく伏せた目つきだった。こういう人からなにかおもしろいことが聞けるだろうか。しかし私がメンデルのことをたずねると、彼女はいまにも涙のあふれそうな眼をいっぱいに見開いて、じっと私の顔を凝視した。肩がはっと動いた。「まあ、お気の毒なメンデルさん。まだおぼえていてくださるかたがあるなんて。ほんとうにお気の毒なメンデルさん」——彼女はほとんど泣かんばかりだった。それほどに心を動かされたのである。年とった人は若いときのことや、忘れていた親しい人のことを思い出させられると、いつもこんなふうに感動するものである。メンデルさんはまだ達者ですかと私はきいた。「ああ、お気の毒なメンデルさん。たしか五年か六年、いいえ七年前になくなりました。とってもいいかたで、どれくらいのあいだあのかたを知っていたかって申しますと、そう、二十五年以上にもなります。私がここに参りましたときには、もうここにいらっしゃったんですから。あのかたを死なせるに至ったしだいときたら、ほんとうに恥辱ものでした。」彼女はいよいよ興奮してきて、私に親戚なのかとたずねた。だれも彼のことを気にかけてくれた人はいないし、彼のことを問合わせる人もなかった——それで、彼がどうなったか私は知っているのか、ときくのである。

いや、なにも知らない、と私は保証して、話してはもらえまいか、なにもかも話してくれないか、と頼んだ。善良な女はおずおずと遠慮した様子で、いつまでもぬれた両手をふいていた。私は理解した。汚れたエプロンをかけ、白髪をふりみだした掃除婦として、喫茶店のまんなかに立っているのがつらいのだ。それに、給仕のだれかが聞いていはすまいかと、しじゅう臆病に左右を見ていた。それで私は、娯楽室の、メンデルがむかしすわっていた座席に行こうと提案した。そこでなにもかも話してほしいのだ、と私は言った。気持がわかってもらえたのを感謝して、彼女は感動したようすで私にうなずいてみせた。それで私は、もう少々足もとのあぶなっかしい老婆を先に立てて、あとからついていった。二人の給仕は、あきれ顔で私たちのあとを見送っていた。彼らはなにかのつながりのあるのを感じとったのだ。何人かの客も、似つかわしくない私たち二人をふしぎそうに見ていた。そして奥の部屋のメンデルのテーブルのそばで、彼女は私に、ヤーコプ・メンデル、書痴メンデルの破滅の話を（こまかな事実は、あとで、別な報告によって補ったものである）してくれたのである。

「それではお話ししますが、メンデルさんは、もう戦争がはじまってからでも、相変らずここにおいでになっていました。毎日毎日、朝の七時半です。そして、いつもとちっとも変らず、ここにすわって、一日じゅう勉強していました。メンデルさんは、戦争だなんて全然意識してはいないようだ、とみんなが感じていて、よくそんな話をしたものでした。私だって、あの人が新聞なんかのぞいたこともないし、だれかほかの人と話をしたことがないことは知っております。ですけど、新聞売子が騒々しく号外を売り歩いて、みんなが走りよってきても、あのかたは立ちあがったことも、それに耳をかたむけたこともないのです。給仕のフランツがいなくなった（ゴルリスで戦死しましたが）ことにもてんで気がつきませんし、シュタントハルトナーさんのむすこさんがプシェミスル附近で捕虜になったことも知りませんでした。パンがいよいよひどいものになっていっても、牛乳のかわりになさけない代用コーヒーをあげなくてはならなくなっても、ひとことも言いませんでした。一度だけ、学生がほとんど来なくなったのをふしぎがっていらしたことがありましたが、それだけでした。まあ、ほんとうにお気の毒なかた。本よりほかにはなんの喜びも関心もなかったのですもの。

ところがある日、不幸が起ったのです。午前十一時ですから、白昼のことですわ。一人の警官が秘密警察の人をつれてきました。その人はボタン穴の略章を見せてから、ここにヤーコプ・メンデルという男はこないか、とたずねました。それから二人はすぐにメンデルさんのテーブルのところへ行きましたが、なにも知らないメンデルさんは、まだ、彼らは本を売るためか、なにか質問するためにきたんだろうと思っていたのです。でも、彼らはすぐに、いっしょに来いと命令して、引きたてて行きました。このお店にとってはほんとうに恥辱でした。みんなはメンデルさんをとりまきました。メンデルさんは二人のあいだにはさまれ、眼鏡をひたいにおしあげて、その二人をかわるがわるきょろきょろとながめるのですが、いったいどういう用でつれて行かれるのかよくわからなかったのです。でも私は、すぐその刑事に、これはなにかのまちがいにきまっています、メンデルさんのような人にははえ一匹殺せやしません、と申しました。すると秘密警察の人はすぐに、おかみの仕事に口出しするものではない、と私をどなりつけました。それから二人はメンデルさんを連れて行ってしまいました。あのかたはそれから二年のあいだ、ここにすがたを見せませんでした。あのときいったいどういうことで連れて行かれたのか、いまでも私にはよくわかりません。でも私は誓って申しますが」と、この老女が興奮して言うのだ、「メンデルさんがなにか悪いことをしたはずはありません。あの人たちの思いちがいだったのです。私は火の中に手を入れても誓います。これは、あの気の毒な、むじつの人にたいする犯罪だったのです、ええ、犯罪だったのですわ」

彼女は正しかったのだ。この善良な、ほろりとさせるシュポールシルおばさんの言う通りだったのだ。われらの友ヤーコプ・メンデルは、ほんとうになに一つ悪いことをしたわけではなく、ただ（あとになって、私はこまかな事実を聞いたのだが）とんでもない、ほろりとさせられるような馬鹿げたこと、あの気ちがいじみた時代にすらありそうもないくらい馬鹿げたことをやっただけなのだ。その馬鹿さかげんは、彼の完全な没頭ぶり、遠く月世界にでも住んでいるような彼の風変りなようすを知らなければ、とうてい説明できるものではない。それは次のようなしだいであった。外国とのいっさいの通信を監視していた軍の検閲課で、ある日一枚のはがきが押収された。ヤーコプ・メンデルとかいう男の書いたもので、その署名もあり、規則通りに外国向けの郵税が払ってあった。しかし――思いもよらぬことだが――敵国あてになっており、パリ、グルネル河岸通り、書籍商、ジャン・ラブルデールという宛名だった。内容は、ヤーコプ・メンデルとかいう男が、月刊の「フランス書誌通信」を、一年分購読料前払いで予約したのにあとのほうの八冊をまだ受けとっていない、と苦情を言っているものであった。下級検閲官はこのはがきを手にして、びっくりした。彼は、ギュムナージウムの教授で、個人的な好みからいうとラテン系文学者だったのが、召集されて、国民兵の青い軍服を着せられていたのである。馬鹿げたじょうだんだ、と彼は考えた。彼は毎週二千通からの手紙を調べて、疑わしい通信はないか、スパイらしい表現はないかと鵜の目鷹の目だったが、こんなむちゃな事実にお目にかかったことはかつてなかった。なにしろ、オーストリアからフランスへ出す手紙にのんびりと宛名を書く、つまり悠々と、交戦している敵国行きのはがきをこともなげに投函するやつが出てきたのだ。これではまるで、一九一四年以来、両国の国境が鉄条網で閉鎖され、神の創りたもうた一日一日に、フランス、ドイツ、オーストリア、ロシヤの国々がおたがいに数千の壮丁を殺し合っているという事実を知らないみたいではないか。だから検閲官は、はじめはこのはがきを珍品として机のひき出しに入れ、こういうとっぴょうしもない事実を報告することはしなかった。しかし数週間後に、またもや同じヤーコプ・メンデルなる男が、ロンドンのホルボーン・スクエアの書籍商ジョン・アルドリッジにあてたはがきが手に入った。こんどは、「古書通信」の最近の何号かを送ってくれないか、という内容だった。そしてまたもや、ヤーコプ・メンデルというまったく同じ奇妙な人物の署名があった。しかもその男は、感心するほど素朴に、自分の完全な住所を書いているのだ。こうなると、軍服のなかに縫いぐるみになったギュムナージウムの教授も、上衣の下が少々落着かなくなってきた。結局のところ、この馬鹿げたじょうだんの裏には、なにか不可解な、暗号で書かれた意味がひそんでいるのではあるまいか？　それはともかく、彼は立ちあがって、かかとをかちりと合わせ、少佐の机の上にその二枚のはがきを置いた。少佐は両肩をそびやかした。妙な事件だ！　彼はまず警察に知らせて、このヤーコプ・メンデルなる男が実在するかどうかを調べさせた。そして一時間のちにはもうヤーコプ・メンデルは逮捕されて、驚愕のあまりまだよろめきながら、少佐の前に引き出されたのである。少佐は彼に謎のはがきをつきつけて、差出人であることを認めるか、とたずねた。そのきびしい口調と、とりわけたいせつなカタログを読んでいるときにつかまったためもあって、メンデルは腹を立て、ほとんど乱暴といってもいいくらいの調子で、書いたのはむろん私ですよ、だれだって金を払って予約したものを請求する権利ぐらいあるでしょう、とどなった。少佐は椅子にすわったまま、そばの机の中尉のほうになかめにからだをねじむけた。二人は、わかったという目くばせをかわした。こいつ、とんでもない馬鹿なんだ！　それから少佐は、この馬鹿にお灸をすえるだけでおっぱらったものか、それとも本気で事件にしたものか、とつおいつ考えた。官庁ではどこでも、こういうふうにどっちともきめかねるようなときには、ほとんどいつでも、まず調書をとっておこうということになる。調書というものは、いつだってけっこうなものだ。とったところで役に立たなければ、それはそれでなにも害にはならない。何百万枚もある紙のうち、無意味な紙が一枚よけいに書きこまれただけのことである。

しかしこのときには、遺憾ながら、一人の気の毒な、なにも知らない人間に害を与えることとなった。なぜなら、三つ目の質問でもう、ひどく不運なことが明るみに出てしまったのである。まず名前を言わされた。ヤーコプ、正確にはヤインケフ・メンデル。職業、行商人（彼は本屋の許可証を持たず、行商の許可証しかなかったのである）。三番目の質問が命とりになった。出生地は？　ヤーコプ・メンデルはペトリカウ近郊の小さな村の名を言った。少佐は眉をあげた。ペトリカウだって？　そいつはロシヤ領ポーランドの国境の近くにあるんじゃないか？　あやしいぞ。きわめてあやしいぞ！　それで少佐は、一段ときびしく、いつオーストリアの公民権を得たのかと訊問した。メンデルの眼鏡は、ぼんやりとふしぎそうに相手を見つめた。彼には質問の意味がわからなかったのである。ちえっ、書類、証明書類を持っているか、どこでもらったかをきいているのだ。行商の許可証しか持っていません。少佐はひたいのしわをますます深くした。それでは、お前の公民権はどうなのだ、そいつをどうしても説明しなくてはいけない。お前のおやじはなんだったんだ、オーストリア人か、それともロシヤ人か？　ヤーコプ・メンデルは落着きはらって答えた。もちろんロシヤ人ですよ。それでは、そういうお前は？　ああ、私ですか。私はもう三十三年前、ロシヤの国境を越えて密入国したんです。それ以後ヴィーンで暮らしています。少佐はますます落着かなくなってきた。いつここでオーストリアの公民権を得たのだ？　なんのためにです？とメンデルはたずねた。そんなことは一度だって気にしたことはありませんでしたよ。それではお前はまだロシヤ人というわけだな。すると、索漠たる質問攻めでとうに退屈していたメンデルは、めんどくさそうに、「ほんとうのところはそうなりますね」と、答えた。

びっくりした少佐が乱暴にそりかえったので、椅子がばりばりと音をたてた。それでは、こんなことがあったのか！　戦争もたけなわという、一九一五年の末、タルヌフ会戦と大攻勢のあとで、一人のロシヤ人がオーストリアの首都ヴィーンを、平気でのこのこ歩きまわり、フランスやイギリスへ手紙を書いているというのに、警察は一向に平気なのだ。それなのに新聞の馬鹿どもは、コンラート・フォン・ヘッツェンドルフ将軍のワルシャワ進撃が手間どったのをふしぎがり、参謀部の連中は、軍隊の移動がことごとくスパイの手でロシヤに通報されると仰天するのだ。中尉も立ちあがって、テーブルの前に立った。会話は急角度に訊問に切りかえられた。なぜお前はすぐに外国人として届けなかったのだ？　相変らずのんびりしたメンデルは、いつもの歌うような、ユダヤ人らしいわかりにくい口調で答えた。「なぜ急に届け出なければいけなかったんです？」この問返しを少佐は挑戦とうけとって、おどすような調子でたずねた。告示を読まなかったのか？　いいえ。まさか新聞も読まないのではないだろうな？　いいえ、読みません。

二人は、不安のあまりもう多少汗をかいているメンデルの顔を、まるで月がこの事務室のまんなかに落ちてきたもののように、じっと見つめた。それから電話ががちゃがちゃ言い、タイプライターがかたかた鳴り、命令がとんだ。そしてヤーコプ・メンデルは営倉に入れられ、次の護送のときに強制収容所に送られることになった。二人の兵士のあとについて行くように命じられたとき、彼は不安に身をかたくした。どういう目にあわされるのか理解できなかったが、ほんとうのところ、なんの心配もしてはいなかった。襟に金筋をつけたがらがら声のこの男が、結局のところ自分にどんな悪事をたくらむはずがあろう。書物という彼の天上の世界には、戦争はなかった。人を理解しないというようなこともなかった。あるのはただ、数字と言葉、標題と人名を永遠に知ることと、いやが上にもたくさん知ろうとすることだけだった。それで彼は、二人の兵士にはさまれて、いかにも善良そうなようすで階段をちょこちょことおりて行った。警察に行って、外套のポケットから本を全部とりあげられ、たくさんのたいせつなメモやお客のアドレスをはさんでおいた紙ばさみを出せといわれたとき、そのときになってはじめて、彼はあばれはじめた。それでおさえつけなければならなくなったが、そのとき、不幸にも彼の眼鏡が床にがちゃんと落ちてしまった。そして、彼が精神界をのぞいていた魔法の望遠鏡は、粉々にくだけてしまったのである。それから二日のち、彼はうすい夏服のまま、コモルン近郊の、ロシヤの非戦闘員捕虜を入れる強制収容所に送られたのである。

この収容所での二年間にヤーコプ・メンデルが、この巨大な人間監獄で冷淡な、粗野な、たいていは無学文盲の仲間にとりかこまれて、書物、彼の愛する書物もなければ金もなく、どのような精神的恐怖を経験したか、つばさを切られた鷲が霊気ただよう自分の世界から切りはなされているように、彼にとって高きにある、唯一無二の書物という世界から遠くへだてられて、どういう苦しみを体験したか——その証人となってくれる人はまったくいないのだ。しかし、おのれの愚かしさからさめた世界は、この戦争のもたらすありとあらゆる残酷な行為と犯罪的な人権侵害のうちでも、とっくに兵役年齢をすぎたなにも知らない市民たちをつかまえて鉄条網のなかにとじこめるということほど無意味で不必要で、それゆえに道徳的に許すことのできないものはないということを、もうしだいに悟りつつある。しかもその市民というのは、外国を故郷と思い定めて長年のあいだそこに住み、ツングース族やアラウカーナー族〔南アメリカのインデアン〕たちのあいだでさえ神聖なものとされている客としての権利を正直に信じたばかりに逃げそこなった人たちなのだ——これこそ、フランス、ドイツ、イギリス、いや、気のちがったわれわれのヨーロッパのどこででも同じく無意味に犯された、文明にたいする犯罪というべきである。もしもあぶないところで偶然が、まさしくオーストリア的な偶然が、ヤーコプ・メンデルをもう一度彼の世界につれもどしてくれなかったならば、彼もおそらくこの檻のなかにいるたくさんの無実の人と同じように狂気におちいるか、赤痢、衰弱、精神錯乱のためにみじめな最後をとげてしまっただろう。というのは、彼がすがたを消したあと、彼の住所に上流のおとくいの手紙が何度も来たのだった。かつてのシュタイエルマルクの州知事で、紋章学の本の熱狂的な収集家であるシェーンベルク伯、前神学部長でアウグスティヌスの註解を書いているジーゲンフェルト、退役した提督で、いつまでも回想録をいじりまわしては訂正している八十歳のエドラー・フォン・ピーゼクというような人たちだった——彼らはみな、メンデルの忠実な依頼人で、何度も何度もカフェー・グルックのメンデルにあてて手紙を書いたのだったが、そのうちのいくつかが、すがたを消して収容所にはいっているメンデルのところへまわされた。それが偶然親切な大尉の手にはいった。大尉は、この小さな半分盲目のきたないユダヤ人が、なんという上流の知人を持っているのだろうとびっくりした。メンデルは眼鏡をこわされてからは（新しいのを買う金がなかったのだ）灰色のモグラのように、眼をなくしてじっと黙ったまま片隅にうずくまっていたのである。こういう友人を持っている男は、ともかく変ったやつにちがいないと思った大尉は、メンデルに返事を書いて、愛顧者にとりなしを頼むことを許した。それは無益ではなかった。あらゆる収集家が熱心に協力し、閣下も学部長も知己関係を強力に動かした。そしてみんなの一致した保証によって、書痴メンデルは、二年以上にわたる収容所生活ののち、一九一七年、ふたたびヴィーンに帰ることができた。もちろん、毎日警察に出頭するという条件つきである。それでも彼は、自由な世界へ、小さなせまい屋根裏の古巣へ帰ることができ、愛する本の陳列窓の前を通ることができるようになった。そしてなによりも、彼のカフェー・グルックにもどることができたのである。

地獄からカフェー・グルックに帰還したメンデルのことは、感心なシュポールシルおばさん自身の見聞から話してもらうことができた。「ある日——まあ、どうしたことでしょう、私は自分の眼が信じられないような気がしました――ドアがあきました。あなたもごぞんじのように、あのかたがいつでもはいってくるときにする、ほんのちょっとすきまをあけて、からだをななめにするあのあけかたでした。かと思うともう、あのかたが、お気の毒なメンデルさんがよろよろとカフェーにはいってきたのです。つぎのいっぱいあたったぼろぼろの軍隊マントを着て、頭になにかのっけていましたが、それはたぶん、前には捨てられたかなにかした帽子だったのでしょう。カラーもつけず、まるで死神のようで、顔も灰色なら髪も灰色、胸のいたくなるようなやせかたでした。でも、まるでなにごともなかったようにまっすぐにはいってきて、なにもききませんし、なにも言わないのです。このテーブルまできて外套をぬぐのですが、むかしのようにさっと軽くはできず、ぬぎながらふうふう荒い息をつかなくてはなりませんでした。前のように本は持ってきていませんでした――ただそこにすわるとなにも言わず、空虚な放心した眼でなにやらじいっと前を見つめているだけなのです。それから私たちが、ドイツからとどいていた本の包みをそっくりもっていってあげると、やっとだんだんに読みはじめました。でももうもとのあのかたではありませんでした」

そうだった。もとのメンデルではなかった。もはや世界の奇蹟でも、あらゆる本を魔法のように記録する帳簿でもなかった。そのころ彼を見た人はみんな、悲しげに同じことを私に語ってくれた。これまでは静かで、ただ眠っているように本を読んでいた彼の目のなかで、なにかが、もうどうしようもなく破壊されてしまったように見えた。なにかが粉々にくだけたのだ。おそろしい血のような彗星が、狂ったように運行しているうちに、この孤立した平和な星、彼の世界のこのアルシオン星〔スバル星団中最も明るい星〕にもはげしいいきおいでぶつかったにちがいない。何十年ものあいだ、やわらかで、音を立てない、昆虫の足のような本の活字になれていた彼の目は、あの鉄条網をはりめぐらした人間の檻のなかで、おそろしいものを見たに相違ない。なぜなら、かつては皮肉にきらきら光ってすばしっこかった瞳の上に、いまはまぶたが重苦しい影をつくり、以前にはあんなに生き生きとしていた目は、細いひもでやっとゆわえて修繕した眼鏡の下で、いかにもねむたげに、縁を赤くしてぼんやりと光っていたのである。そしてもっとおそろしいことには、彼の記憶という空想的な建物の、どこか一本の柱がくずれて、そのため全体の組立てががたがたになってしまったにちがいない。なぜならば、われわれの頭脳、きわめてせんさいな実質から形づくられている開閉装置、われわれの知識のこの精巧な精密機械にはたいへん微妙な調律がほどこされているので、小さな血管が一本鬱血したり、一つの神経がショックを受けたり、一個の細胞が疲れたり、要するにこういう分子の位置がちょっと狂っただけでもう、精神の持つすばらしく包括的な天球のような諧調を沈黙させるに十分なのである。そして知識の唯一無二の鍵盤とも言うべきメンデルの記憶は、彼がもどってきたときには、そのキイが動かなくなっていたのだ。ときどき教えてもらいにくる人があると、彼は疲労こんぱいのていで相手をじっと見つめるだけで、もう相手の言うことがよくわからなかった。彼は聞きちがいをし、言われたことを忘れてしまった――メンデルはもはやメンデルではなくなったのだ。ちょうど、世界がもはや世界ではなくなったのと同じことである。もはや完全に没頭して本を読みながらからだをゆすることもしなくなり、たいていは、ただ機械的に眼鏡を本にむけるだけで、じっとそこにすわっていた。その本を読んでいるのか、それともぼんやりしているだけなのかはわからなかった。シュポールシルおばさんの話では、本の上にがくんと頭を垂れることもしばしばであった。そして白昼にも居眠りをした。ときにはまた、石炭欠乏のそのころ、彼のテーブルの上におかれたアセチレンランプの、臭い異様な光を何時間も見つめていることもあった。そうだ、メンデルはもはやメンデルではなかった。もはや世界の奇蹟ではなく、疲れた呼吸をする、なんの役にもたたない一包みのひげと着物が、かつては神託を授けた椅子の上に意味もなくすわりこんでいるのだ。彼はもはやカフェー・グルックの名誉ではなく、恥辱であり、汚点であり、悪臭をはなつ、見るもいとわしい存在で、不愉快な不必要な食客であった。

フローリアン・グルトナーというレッツ出身の新しい店主も、そう感じた。この男は、一九一九年の食糧難に乗じて小麦粉とバターの闇取引でしこたまもうけ、実直なシュタントハルトナーに、たちまち暴落したクローネ紙幣で八万クローネの代金を支払って、まんまとカフェー・グルックを手に入れた。彼はがんじょうな百姓の手で鋭くつかみかかり、古くて落着きのある喫茶店をたちまち豪華なものに模様がえした。値のさがった紙幣で、時機を失せず新しい肱掛け椅子を買いこみ、玄関を大理石にし、踊り場を増築するために、もうとなりの店のことを交渉していた。このようにいそいで改築するとなると、もちろん、このガリチア生まれの食客がひどくじゃまになった。この男は一日じゅう朝から晩までひとりで一つのテーブルを占領し、しかも全部でコーヒーを二杯飲み、パンを五つ食べるだけだった。シュタントハルトナーは彼の古いお客のことがとくに気がかりで、このヤーコプ・メンデルがいかに重要な人物であるかを説明しようとこころみ、店を引渡すときに家財もろともメンデルをいわば抱き合わせにしてゆずり渡したのだった。しかしフローリアン・グルトナーは、新しい家具やぴかぴか光るアルミニュームのカウンターとともに、成金時代の粗野な良心まで買いこんでいたので、上品になった自分の店から、いかにも町はずれらしいみすぼらしさの最後のやっかいな残りかすともいうべきこの男を追い出す口実ばかり待ちもうけていた。じきにいいきっかけができるように思われた。ヤーコプ・メンデルはお金につまってきたのである。彼がためこんだ最後の紙幣は、インフレという製紙工場で粉々にされ、おとくいは四散した。そしてふたたび小さな古本屋になって方々の家の階段を上ったり、行商して本をかき集めたりするだけの力は、疲れはてたメンデルにはもうなかった。彼の生活はみじめだった。数々の小さな徴候からそのことが見てとれた。料理屋からなにかとりよせることももう珍しくなった。ほんのわずかなコーヒー代やパン代の借金さえもどんどん長びいた。三週間にもなったことがある。そのときにもう、給仕頭は彼を往来へおっぽり出そうとしたが、感心な掃除婦のシュポールシルおばさんが気の毒に思って、保証人に立ってやった。

だが翌月に不幸が起った。新しい給仕頭はもう何度か、清算するとどうしてもパンの数と金額があわないことに気づいていた。いつでも、客が食べたと言って金を払ったよりもよけいにパンがなくなっているのだ。給仕頭の疑惑は当然すぐにメンデルにむけられた。なぜなら、年とってよろよろした下男が、もう何度か苦情を訴えてきたからである。メンデルは半年前から給料を払ってくれず、びた一文もらえない、というのである。それからは給仕頭は特に気をつけた。するともうその二日後、彼はストーブのうしろにかくれていて、現場をおさえた。ヤーコプ・メンデルがこっそりテーブルから立ちあがって、前の部屋に歩いて行き、パンかごからいそいでパンを二つつかみ出して、がつがつと口のなかに押しこんだのである。勘定のとき、メンデルはパンは食べなかったと言ったのだ。これでパンのなくなる原因がわかった。給仕はすぐに事件をグルトナー氏に報告した。すると店主は、長いことさがしていた口実が見つかったのをよろこんで、みんなの前でメンデルをどなりつけ、どろぼう呼ばわりをした上、すぐに警察を呼ぶことはしないでやる、と恩を着せた。しかし、即座に、そして永久に消えてうせろと命じた。ヤーコプ・メンデルはふるえるだけで、ひとこともものを言わず、よろよろと椅子から立ちあがって、出て行った。

「お気の毒なことでしたわ」と、シュポールシルおばさんは、彼の出て行くときのようすを物語った。「あのかたが、眼鏡をひたいに押し上げ、ハンカチのように白く血の気のうせた顔をして立ちあがったようすを、私はけっして忘れることはないでしょう。一月だったのに、外套を着るひまもなかったんです。おぼえていらっしゃるでしょうが、あの年は寒かったんですのに。それに、びっくりして本をテーブルの上におきっぱなしで行ってしまいました。あとになって気がついたとき、追っかけて持って行ってあげようとしましたが、あのかたはもう、ドアからよろよろと出て行ってしまいました。往来まで追っかけて行くわけにはいきませんでした。ドアのところにグルトナーさんが立っていて、うしろから罵声を浴びせていましたので、往来の人が立ちどまって集まってきたのです。ほんとうに恥さらしでした。私は心の底の底まで恥ずかしい気持でいっぱいになりました。たかがパン二つ三つのことで追い出すなんて、年とったシュタントハルトナーさんだったらとても考えられないことです。一生ただで食べさせてあげたでしょうに。でも今日このごろのかたには、情がありませんものね。三十年以上のあいだ来る日も来る日もそこにすわっていた人を追い出してしまうんですから――ほんとうにいい恥ですわ、私は神様の前でその責任をとりたくはありません――私はいやです」

善良な女はすっかり興奮してしまっていた。そしていかにも年よりらしく一所懸命くどくどといつまでも、いい恥さらしだと言っては、シュタントハルトナーさんだったらそんなことはできないとくり返すのだった。それで私はとうとう、われらのメンデルはいったいどうなったのか、その後彼に会ったことがあるのか、とたずねずにはいられなかった。すると彼女は緊張して、いよいよ興奮してしまった。「毎日あのかたのテーブルの前を通りますと、そのたびに、誓って申しますが、私はぐっと胸をつかれる思いでした。いつでも、あのお気の毒なメンデルさんはどこにいらっしゃることか、と考えずにはいられませんでした。そしてお家がどこだか知っていたら、なにか暖かいものを持って行ってあげるんだけれど、と思わずにはいられなかったのです。だって、暖房をしたり食事したりするお金がどこからあのかたの手にはいったというのでしょう？ それに、私の知っているかぎりでは、この世に親類なんか一人もいなかったのです。でも、いつまでたってもなんの消息もわからなかったものですから、結局のところ、なくなったのだろう、もう二度とお目にはかかれないのだと思ってしまいました。そして、あのかたのためにミサをあげてもらわなくてはいけないのじゃないか、と考えていたのです。だってあのかたはいい人でしたし、二十五年以上も知り合っていたのですから。

ところが二月のある日の朝、七時半に、私がちょうど窓の横木の真鍮をみがいていましたときに、とつぜん（私はがんとなぐられたような気がしました）、とつぜんドアがあいて、メンデルさんがはいってきたのです。あなたもごぞんじのように、いつでもあのかたはからだをななめにして、当惑したようすではいってこられるのですが、このときはそれにどこかちがったところがありました。私はすぐに、心がひどく動揺しているのを見てとりました。目がきらきら光って、まあ、そのようすといったら、骨とひげばかりでした。そんなすがたを見たとたん、私はぞっとしました。この人はなにも知らないのだ、まっぴるまに夢遊病者みたいにうろうろ出歩いたりして、パンのこともグルトナーさんのことも、どんなに恥知らずなやりかたで追い出されたかもすっかり忘れてしまっているのだ、もう自分のことはなに一つわからなくなっているのだ、とすぐに私は考えたのです。ありがたいことに、グルトナーさんはまだきていませんでしたし、給仕頭はちょうどコーヒーを飲んでいるところでした。それで私はいそいで飛んで行って、ここにいてはいけない、もう一度あの野蛮な男に（こう言いながら彼女はおずおずとあたりを見まわして、いそいで言い直した）――つまりグルトナーさんに追い出されるようなことをしてはいけないと、教えてあげようと思いました。それで『メンデルさん』と呼びますと、あのかたはじっとこちらを見上げました。するとその瞬間、まあ、おそろしいことでしたわ、その瞬間にあのかたはなにもかも思い出したにちがいありません。なぜなら、すぐにちぢみあがって、ふるえ出したのです。でも、指をふるわしているだけではありませんでした。肩までふるえるのがわかるほど、からだ全体をがたがたふるわしているのです。と思うともう、いそいでドアのほうへよろめいて行きました。そしてドアのところで倒れてしまいました。それですぐに救護会に電話をかけて、熱にやられていたあの人を連れていってもらいました。その晩にあのかたはなくなりました。お医者さんのお話では、肺炎、それも悪性のだったそうで、そのときにはもう、どうやってもう一度私どものところまでやってきたのか、自分でももうよくはわからなかったのだそうです。きっと、ただもう夢遊病者のようにふらふらとやってきたものでしょう。三十六年間も毎日一つところにすわっていたら、そりゃあテーブルだって家みたいなものですものね」

私たちはまだ長いこと彼の話をしていた。私たち二人は、この奇人を知っていた最後の人間なのだ。私のほうは若いときに、微生物のようなちっぽけな存在ではあるけれども完全に外界と隔絶した精神生活があるものだ、という予感をはじめて彼によって与えられた人間だし――彼女のほうは、本など一度も読んだことのない、貧しい、働き疲れた掃除婦だが、二十五年のあいだ外套にブラシをかけたり、ボタンを縫いつけてやったりしたという理由で、彼女の生きる貧しい下層社会のこの仲間に結びつけられていただけであった。しかも私たちは、彼のすわっていた古びていまはあるじのいないテーブルの前で、いっしょに呼び出した亡きメンデルをしのびながら、おたがいに相手をふしぎなほどよく理解し合ったのである。なぜなら、思い出は常に人を結びつけるものであるし、愛情にひたされている思い出ならば、その働きは二倍にもなるものだからである。とつぜん、おしゃべりしながら彼女は思い出した。「まあ、私、なんて忘れっぽいのでしょう――あのときメンデルさんがテーブルの上に置きっぱなしにした本を、まだ持っているのでした。どこにとどけようもなかったんですもの。あとでだれも言ってくる人がなかったので、記念にとっておいてもいいだろうって思ったのです。別にいけないことはないでしょうね?」彼女は裏の小部屋からいそいでその本を持ってきた。私は思わず微笑したくなるのをおさえるのに苦労した。いつもいたずら好きで時として皮肉な運命は、ほかならぬ感動的なことがらにこそ、こっけいなものを意地悪く混入することを好むものだ。それはハインのゲルマン艶本珍本叢書の第二巻で、書物収集家ならだれでもよく知っている艶笑文学便覧であった。このいかがわしい目録こそ——書物にもその運命あり、というものだ——いまは亡き賢者が、おそらくは祈禱書以外の本を持ったことのない、無学な女の、荒れて赤くひびのきれた手に残した最後の遺産だった。私は、思わずこみあげてくる微笑をおさえようと一所懸命に唇をかみしめた。そのちょっとした躊躇が、感心な女を当惑させた。もしかしたら貴重なものなのではないかしら、あるいは、持っていていいと相手が思っているのかしら、と考えたのであろう。

私は心から彼女の手をにぎった。「安心して持っていらっしゃい。私たちの古いお友だちのメンデルは、彼のおかげで本を手に入れた何千人のうち少なくとも一人にはおぼえていてもらえて、さぞよろこぶことでしょう。」それから私は店を出たが、この感心な女にたいして気恥かしくなった。彼女は、単純ではあるがきわめて人間的なやりかたで、死者にたいしていつまでも忠実な態度を守りつづけたのである。無教育な女が、彼のことを一層よくおぼえていようとして、少なくとも一冊の本をたいせつにしているというのに、私は、何年も書痴メンデルを忘れていたのだ。

この私こそ、本が作られるのは、自分の生命を越えて人々を結びあわせるためであり、あらゆる生の容赦ない敵である無常と忘却とを防ぐためだということを、知らなければならない人間だったのである。

一九二九年〔関楠生訳〕

不安

イレーネ夫人は、恋人の住いの階段を降りるとき、急にまたあの意味もない不安にとらえられた。黒い独楽《こま》がとつぜん眼の前で唸り、膝頭が凍えてひどくこわばり、あわてて手すりにしがみついていないことには、いきなり前向きに倒れるところだった。彼女がこの危険きわまる訪問をあえてしたのは、これが初めてではなかったし、この急激な身ぶるいは、けっして彼女にとって不慣れなことではなかった。いつも、どんなに抵抗してみても、帰りぎわにはかならず、意味もない笑うべき不安の、このようなわけの分らない発作に負けるのだった。逢びきに来る途中のほうが、疑いもなく気楽であった。彼女は車を通りの角でとめさせ、眼を伏せたままあわただしく、建物の入口までのわずか数歩を走ってゆき、それから階段を急いで駆けのぼった。すると不安は――そのなかには、燃えるような待ち遠しさも含まれていたが――最初の抱擁の嵐のうちに流れほどけた。しかしそのあとで帰ろうとすると、きまってあの神秘的な恐怖が寒気となって背筋をのぼり、それには罪の身ぶるいと、通りのどの他人の視線も自分がどこから出てきたかを読みとって、不逞な微笑で自分の混乱に答えることができるのだ、というあの愚かしい妄想とが、雑然と入りまじっていた。恋人のそばで過す最後の数分間はすでに、この予感の、高まってゆく不安のために毒されていた。行ってしまいたいと願いながら、彼女は両手を苛だったせわしさのあまり震わせ、うわの空で相手の言葉を受けとめ、あとを引く相手の情熱をあわてでさえぎるのだった。するといつももはや彼女のなかのすべては、行ってしまいたい、ただ行ってしまいたい、彼の住い、彼のアパート、この恋の冒険から、落着いた市民的な世界へ帰りたい、と願っていた。それからさらに、例の最後の、なだめようとして効果のない言葉がかけられたが、彼女は興奮のあまりほとんど聞いてはいなかった。そしてドアのかげに隠れて、階段を昇るか降りるかする者はいないかと、聴き耳をたてるあの数秒間。だが外にはすでに不安が立ちはだかっていて、彼女につかみかかるのを今か今かと待ちかまえ、心臓の鼓動を横暴におし止めたので、彼女はまるで意識を失ったように、わずか数段を降りてゆくのだった。

こうして彼女は一分間、眼を閉じて立ったまま、階段の吹抜けのほの暗い冷気を貪るように吸いこんだ。そのときどこか上の階で、がたんとドアの閉まる音がした。はっと驚いた彼女は気をとり直して、震える両手で厚いヴェールをさらにぴったりとかき合せながら、階段を駆けおりた。するとまだ例の最後の、一番怖ろしい瞬間——よそのアパートの入口から通りに出るという恐怖

——が待ちうけていた。彼女は跳躍の選手が助走するときのように頭を低くして、やにわに決心を固めて、少し開いた入口に向って急いだ。

そのとき、明らかにちょうど入ろうとする一人の女に、激しくぶつかった。「ごめんなさい」と、彼女はどぎまぎして言いながら、す早く相手のそばを通りぬけようと努めた。しかし女はドアいっぱいに行手をふさいで、彼女を怒りと同時に、あからさまな嘲りの眼でにらみつけた。「とうとうあんたをつかまえたわね」と、相手は全くあたりを憚らずに、荒っぽい声で叫んだ。「なるほど品行方正な奥様だよ、いわゆるね！　夫がいて、お金が沢山あっても満足しないで、おまけに貧乏な娘から、その恋人をひき離さなくちゃおれないなんて……」

「お願いですから……どうしてそんなことを……人違いでも……」と、イレーネ夫人は口ごもって、すりぬけようと無器用な試みをしたが、女はその堂々としたからだをドアいっぱいに拡げて、かん高い声で彼女に向って罵った。「人違いなもんか……私はあんたを知ってるのよ……私の恋人のエードゥアルトのところから出てきたくせに……これでやっとあんたをつかまえたんだわ。これで分った、なぜあの人が近頃あんなに私と会う暇がないのか……あんたのせいだったのね……恥ずかしくないの……！」

「お願いですから」と、イレーネ夫人は消えいるような声で、相手をさえぎった、「そんなに叫ばないでください。」そしてわれ知らず、また土間に退いた。女は彼女を嘲るように見つめていた。このぐらぐらした不安、この目に見える頼りなさが、何かしら相手をいい気持にするらしかった。なぜなら、女は今や落着きはらった、小馬鹿にして満足したような微笑のうちに、自分の犠牲《いけにえ》を吟味していたからである。女の声は卑しい快感のあまり、全く横柄に、ほとんど勿体ぶった感じになった。

「つまりこういう恰好をしてるのね、夫のある淑女、お上品な上流の淑女が、ひとの男を盗みに出かけるときは。ヴェールなんかして。もちろんヴェールをするわね、あとでどこでも品行方正な奥様を気どれるように……」

「何を……何を一体、私にしろとおっしゃるんですの?……あなたを全然存じませんわ……私もう行かなくちゃ……」

「行かなくちゃ……そうでしょうとも……旦那様のところへ……暖い部屋へ。品行方正な淑女を気どって、召使たちに着物を脱がせてもらいにね……しかし私たちのような者が何をしようが、飢じさのためにくたばろうが、そんなことは上流の淑女にはどうだっていいのさ……そんな私たちから、一番大事なものまで盗むんだからね、この品行方正な奥様方ときたら……」

イレーネはとっさに覚悟をきめて、漠然とした勘に頼りながら、自分の財布に手をつっこみ、ちょうど指に触れただけの紙幣をつかんだ。「さあ……さあ、お取りなさい……でも、もう行かせてください……二度とここへは来ませんから……誓いますわ」

怒ったような眼つきで、女はその金を受けとった。「下劣な人」と、そのとき女はつぶやいた。イレーネ夫人はこの言葉に身をすくませたが、相手が入口をあけてくれたのを見ると、塔から身投げをする人のように無我夢中で息もつかずに、外へ転がりでた。彼女は、人々の顔が歪んだしかめ面となってかすめ過ぎるのを感じとりながら、先へ先へと走ってゆき、通りの角にとまっている一台の自動車まで、やっとの思いでたどり着いたときには、もはや眼の前がまっ暗になっていた。塊のように、自分のからだをクッションに投げだすと、彼女の内部のすべてはこわばって動かなくなり、運転手がとうとう不審そうにこの風変りな乗客に向って、どこへ行くんですか、と尋ねたとき、ぼんやりした頭脳がやっとその言葉を捕えるまで、彼女は一瞬のあいだ全くうつろな眼で彼をじっと見ていた。それから「南停車場まで」と、あわてて口に出したが、女があとをつけて来るかもしれないという考えにとつぜんはっと驚いて、「早く、早く。急いで走って頂戴！」

車が走っているうちにやっと彼女は、この出会いがどれほど自分にとってショックだったかに感づいた。かわるがわる触ってみると、両手はこわばって冷たくなり、まるで死にたえた物体のように、からだからぶら下っていた。すると彼女は急に震えはじめ、からだががくがくと揺すれるほどであった。喉には何かしらにがいものがこみ上げ、彼女は嘔き気と同時に、意味もないもやもやした憤りを感じたが、その憤りは痙攣のように、しきりに胸のなかのものをえぐり出そうとするのだった。できることならわめくか、拳を振りまわすかして、釣針のように脳味噌のなかにひっかかって離れない、この記憶の恐怖から自由になりたいところだった。嘲るような笑いを浮べた、あのがさつな顔。下層階級の女の胸の悪くなるような息からたち昇る、あのむんむんした卑しさ。憎しみに満ちて、彼女の顔に唾が飛ぶほど下劣な言葉を吐きちらした、あのがさつな口。彼女を威して振りあげた、あのまっ赤な拳。不快感はますます強くなり、喉にはますますこみ上げるものがあった。おまけに、早く飛ばしている車が右に左に振れたので、彼女は運転手にもっとゆっくり走るように、注意しようと思った。ちょうどそのとき、まだ間に合ってよかったのだが、自分はおそらくもう運転手に払うだけの金を持ってはいまい、ありったけの紙幣をあのゆすり女にやってしまったのだから、と気づいた。あわてて彼女はストップの合図をして、とつぜん降りてしまい、またしても運転手を不審がらせた。幸いなことには、手もとに残っていた金で足りた。しかしあたりを見まわすと、彼女はよく知らない地区に迷いこんでいるのだった。それに膝は不安のために抜けたようになっていたが、やはりうちへ帰らないわけにはゆかなかった。そこで全身のエネルギーをかき集めながら、裏通りから裏通りへと、まるで泥沼のなかか膝を没する雪のなかを歩いてゆくように、超人的な努力のうちに身を運んでいった。やっと自分のうちまで来ると、苛々としたあわただしさで転がるように——だが彼女はそれをまたすぐに、自分の落着きのなさによって変に思われることのないように、和らげた——階段を昇ったのである。

そこではじめて――女中にオーバーを脱がせてもらい、隣りの部屋で幼ない男の子が妹と大きな声で遊んでいるのを聞き、やっと安心した視線で、いたるところに自分のもの、自分の財産と安全とを認めたとき――彼女はふたたび冷静の外観をとり戻しはしたが、一皮むけば、興奮の波が緊張した胸いっぱいにうねって、まだ痛みを与えるのだった。彼女はヴェールをとり、さりげなく見えるように、顔の小じわをのばして気持をひきしめ、それから食堂へ入っていった。そこには夫が、さも夕食らしく用意の整った食卓のそばで、新聞を読んでいた。

「遅いね、遅いね、イレーネ」と、彼は穏かな非難の言葉で迎え、立ちあがって頬に接吻してくれたが、それは彼女のうちにわれ知らずやりきれない羞恥の感情を呼びさました。二人が食卓につくと、彼は何げなく、ほとんど新聞から目を離さずに尋ねた、「こんなに長くどこにいたんだね？」

「私……あのう……アメリーのところに……あの人ったらまだ何か買い物をしなきゃならなかったんですの……それで私、二三町さきまでついて行きましたわ」と、彼女はつけ足しながら、こんなにまずい嘘をついた自分のうかつさに、早くも腹を立てていた。ふだんはいつも前もって、注意深くでっち上げた、たとえどのように詮索されても対抗できるような嘘を、準備していたのだが、今日は不安がそれを忘れさせ、ついこんなに下手な思いつきを言わせたのだ。もしも――と彼女の胸を心配がかすめた――夫が、最近二人で観たあの芝居に出てくるように、あとから電話をかけて問合せたりしたら……。

「一体どうしたんだね？……ひどく苛々してるようだよ……それに一体全体、なぜ帽子を脱がないんだね？」と、夫が訊いた。彼女はまたしても虚をつかれたことを感じたので、縮みあがって、急いで席を立ち、帽子を脱ぐために自分の部屋へ入っていったが、ついでに鏡にうつる自分の落着きのない眼を、その視線がふたたびしっかりとした安定を得たと思えるまで、見つめていた。それから、食堂へ戻っていった。

女中が晩餐を運んできた。こうして、それまでの毎晩と変りのない晩になったが、ひょっとするとふだんよりはいくらか口数が少なく、楽しげではなかったかもしれない。貧しく、疲れた、しばしばつまずきがちな会話の晩だった。彼女の思いはたえずもとの道をひき返し、あの瞬間まで来るとかならずはっと驚いて立ちすくんだ。そのたびに彼女は、自分の安全を感じようとして視線を上げ、心のかよった、身のまわりの品物を一つ一つ——どれもみな思い出と意味あればこそ、方々の部屋のなかに置かれていた——やさしくとらえるのだった。すると、かすかな安心が彼女のなかに戻ってきた。そして、ゆったりと鋼《はがね》の足音で沈黙をかき分けて進んでゆく柱時計が、彼女の心臓にいつのまにかまた、いくらか規則正しい、屈託なく安定した拍子を与えてくれた。

翌朝、夫は自分の法律事務所へ、子供たちは散歩に出かけ、彼女がやっと一人きりになったとき、あの怖ろしい出会いは、澄んだ午前の光のなかでふり返って詮索してみると、その不安がらせる力を大いに失っていた。イレーネ夫人がまず思いおこしたのは、自分のヴェールはひじょうに分厚かった、したがってあの女には、自分の顔をはっきりと覚えておいて、こんどそれと認めるのは無理だろう、ということであった。そこで彼女は落着いて、あらゆる予防措置を考慮してみた。どんなことがあっても、恋人をその住いに訪問することはもうしないでおこう。そうすればたぶん、またしても奇襲される可能性はすべて除かれることになる。すると残された危険は、あの女と偶然に再会することだけだが、それは人口二百万の都会では、まずありえないことである。なぜなら、彼女は自動車で逃げたのだから、相手はあとをつけることができなかった。名前や住所は相手に知られてはいないし、それ以外に、うろ覚えの顔かたちによって確認されるという心配はなかった。しかしこの非常の場合に対しても、イレーネ夫人には準備が出来ていた。そのときは構わずに――彼女はすぐさまこう決心した――落着いた態度をくずさず、すべてを否認し、冷ややかに人違いであることを主張し、さらに昨日の訪問はその現場でなければほとんど証拠にならないものだから、あの女をことによっては恐喝罪におとしてやろう。イレーネ夫人がこの首都できわめて有名な弁護士の一人の、妻であることは無駄ではなかった。彼女は夫と同僚たちとの会話から、恐喝というものは、被害者の側が少しでもためらったり、落着きのない様子を示したりすれば、相手の優勢を高めるばかりだから、即座にまた極度の冷静によってのみ阻止されうる、ということをよく知っていたのである。

彼女がとった第一の対策は、明日お約束の時間に行けません、明後日もだめです、と恋人に簡潔な手紙を書くことだった。彼女の誇りは、自分が恋人の愛情のなかで、あんなに低級で下品な女の後釜だった、という堪えがたい発見によって傷つけられていたので、なおのこと憎しみの感情で言葉を選びながら、彼女は今や腹いせに、自分が会いに行くことをいわば好意的な気まぐれの領域にもち上げる、冷ややかな書き方を楽しんでいた。

彼女はこの若い男、名声のあるピアニストと、たまたま或る夜会で知りあい、やがてたいしてその気もなく、よくわけも分らないうちに、その恋人になったのである。もともと、彼女の血のなかにあるものが彼の血を求めたわけではなく、官能的なものが――また精神的なものもほとんど――彼女を彼の肉体に結びつけたわけではなかった。つまり彼女が身をまかせたのは、彼を必要としたり或いはひたすら欲求したりというのではなく、彼の意志に抵抗するのが何だか大儀だったのと、また一種の落着きのない好奇心が動いたからだった。彼女の内部の何ものも――結婚の幸福によって完全に満足させられた血も、自分の精神的な関心が萎縮するのではないかという、人妻にありがちな感じも――彼女に恋人を必要とはさせなかった。彼女はもともと、資産もあり精神的に自分よりすぐれている夫のかたわらで、世間なみの意味で幸福だったのである。子供二人の母親であり、おまけに裕福な市民階級の安穏な生活のなかに心地よく座をしめていた。しかし、暑気や暴風と同じく官能をそそる弛緩した空気、不幸よりも強くかきたてる温潤な幸福というものがある。飽満は飢餓におとらず刺戟的である。というわけで、彼女の生活の危険のない安定が、彼女に恋の冒険に対する好奇心を与えたのだった。

ところで、彼女がもはや当然のことと感じていたこの満足の瞬間に、あの若い男が彼女の市民的な生活のなかへ入ってきたとき——そこではふつう男たちは、ただ生温《ぬる》い冗談や小手先のお愛想によって「美しい夫人」をうやうやしく讃美するばかりで、今だかつて真剣に彼女のうちにある女を欲求したことはなかった——彼女は娘時代このかた初めて、ふたたび心の奥底を刺戟されたことを感じた。彼の人柄に関しておそらく最も彼女を引きつけたものは、やや目立ちすぎると思われる顔立ちの上に浮かび、また消える悲しみの影であったろう。この説明できない憂愁のなかには、飽満した市民的な人間ばかりに囲まれていることを感じていた彼女にとって、もっと高い世界を予感させるものがあったので、彼女はわれ知らず自分の日常的な感情の柵から身をのり出して、この新しい現象を観察しようとした。だが女性の好奇心というものはつねに、官能的なものと無意識のうちに結びついている。芸術的な陶酔に心を打たれたために、ひょっとすると度をこえた熱烈さで讃辞を呈した彼女のほうを、彼がついにピアノから眼を上げて見たとき、すでにこの最初の視線は彼女につかみかかった。彼女ははっと驚いたが、同時にあらゆる不安の持つ快感を感じた。すべてがまるで地底の焔によってくまなく照らされ、熱せられているように思える会話が、そのあとで彼女の好奇心をとらえ、さらに強くかき立てたので、彼女は公開の演奏会であらためて会うことを避けようとはしなかった。二人はその後しげしげと会い、やがてそれまでのような偶然まかせの会い方ではなくなった。本当の芸術家である彼にとって、自分は理解者かつ助言者として大きな意味を持っている――そう彼がくり返して断言したのだが――という名誉心から、彼女はその後まだ幾週間もたたないのに、彼女に、彼女一人に、最近の作品を自宅で弾いて聞かせたい、という彼の申し出を早まって信用してしまった。この約束は、彼の意図としてはおそらく半ば正直なものであったろうが、じっさいは接吻と、ついには余りのことに驚きながら身をまかせるという結果に堕したのである。彼女の最初の感情は、官能的なものへ思いがけず転化したことに対する驚愕だった。それまで二人の関係をおぼろに包んでいた神秘的な身ぶるいは、いきなり破壊されてしまった。そして、望まずして姦通したという罪の意識は、初めて自分の――と彼女は信じていた――決断で、自分が生きている市民的な世界を否定したというひりするような虚栄心によっても、或る程度しか鎮められなかった。たしかにこの虚栄心は、自分の悪事に対する身ぶるいとそれにともなう始め数日間の驚愕を、高揚した誇りに変えはしたが、しかし、こうした神秘的な興奮が完全な緊張を持ちつづけたのは、ただ最初の数瞬間に限られていた。彼女の本能は人知れぬところでこの男に対して、そして特に彼のうちにある新しいもの――元来は彼女の好奇心をそそった異質なもの――に対して、抵抗していた。演奏の際には彼女を陶酔させる情熱も、彼の肉体に接近すると不安を与えた。彼女はもともとこのような性急で横柄な抱擁を好まなかったので、そのわがままな無遠慮さを、何年たっても今だに内気で敬意のこもっている夫の熱情と、われ知らず比較するのだった。だが、いったん不貞に落ちこんだ彼女は、感激することも幻滅することもなく、ただ一種の義務感と習慣の惰性から二度三度と彼を訪れるようになった。わずか数週間のちにはすでに、彼女は恋人であるこの若い男を、自分の生活のどこかの引出しにきちんと整頓し、舅たちに対するのと同じように、彼に対しても毎週きまった一日をあてがうようになったが、しかしこの新しい関係にともなって、自分の古い秩序から何かを棄てさるのではなく、いわば自分の生活に何かをつけ足したにとどまった。この恋人は、彼女の生活の安楽な機構を何一つ変えることなく、まるで三人目の子供とか自動車とかに似た、一種の程よい幸福の拡張となり、そしてこの恋の冒険もやがて、許された享楽とひとしく陳腐なものに思えてきた。

ところが初めてこの恋の冒険に、危険というそのほんとうの代価を支払わされることになった今、彼女はこまごまとその価値を計算し始めたのである。運命に甘やかされ、家族からはしたい放題を許され、恵まれた経済状態によってほとんど望むところのない、彼女の傷つきやすさにとっては、この初めての不快事は我慢のならないものだった。彼女は自分の心の屈託なさを、少しでも失うことを拒んだばかりか、もともと熟慮するまでもなく、恋人を自分の快適のための犠牲にする覚悟が出来ていた。

　恋人からの返事——あわてふためいて、苛々としどろもどろな手紙——が、その日の午後のうちに使いの者によって届けられた。とり乱しながら嘆願し、哀訴し、非難するこの一通の手紙は、恋の冒険をおしまいにしようという彼女の決心を、ふたたびぐらつかせた。恋人は彼女にきわめて切実な言葉で、せめて一目会ってほしい、もしも何かのことで知らずに彼女を傷つけたのだったら、とにかく釈明することができるように……と頼んでいた。そうなると彼女は、もっと彼にふくれ面を続け、いわれのない拒絶によって自分の値段をつり上げてやろう、という新しい芝居心をそそられるのだった。そこで、彼を或る喫茶店へ呼びだすことにしたが、そこは彼女が若い娘の頃に、或る俳優と逢びき——それはもちろん今の彼女にとっては、その鄭重さや屈託のなさによって子供のままごとのような気のされることだった——をした場所であることを、急に思いだしたのである。変だわ——と彼女は一人で含み笑いをした——結婚生活のあいだ何年もしぼんでいた、自分の生活のなかのロマンチックなものが、今また花を開き始めたなんて。そして彼女は早くも、昨日のあの女との唐突な出会いを、心ひそかに喜ぶのだった。あのとき自分は久しぶりにふたたび、ほんとうの感情を強く感じかき立てられたので、ふだんは全くだらけきった神経も、いまだに人知れぬ皮下で震えているのだ。

　彼女はこんどは、黒っぽい目立たない服と、別な帽子とを選び、もし万一出会ったらあの女の目をごまかしてやろうと思った。例のヴェールも、自分を目立たなくするためにすでに用意していたが、とつぜんむらむらと湧いてきた反抗心のために片づけてしまった。いったい自分が――尊敬された上流の夫人である自分が――全く見知らぬどこかの女に対する不安のために、おちおちと通りも歩けないなどということがあってもよいだろうか？

ちらっとした不安感が彼女をかすめたのは、通りに足を踏みいれた最初の瞬間だけだった。このぞくぞくと冷たい神経的な身ぶるいは、波にすっかりからだをまかせる前に、爪先を試みに水にひたすときに似ていた。だがほんの一秒、この冷気が背筋をかすめたかと思うと、こんどは急に彼女のなかに奇妙な自己満足が湧きおこった。それは、彼女が自分でも知らなかったような緊張と高揚にみちた足どりで、軽快に力強く弾力的に濶歩する悦びであった。喫茶店があまり近すぎて、ほとんど残念なくらいだった。なぜなら、何か或る意志が今や彼女をリズミカルに、恋の冒険の神秘な磁石に似た引力のなかへ、ずんずんと押しやったからである。しかし、彼女が会見のために指定しておいた時刻は迫っていたし、彼女の血のなかのこころよい確信は、恋人がもう自分を待っていることを予告していた。果して彼女が店に入ったとき、片隅に坐っていた彼は、彼女に魅力と同時に苦痛を感じさせる興奮のうちに、ぱっと席を立った。彼女が声を低くするようにたしなめなくてはならないほど熱烈に、彼はその内面の興奮状態の嵐から、質問と非難の旋風を浴びせかけてきた。自分が遠のいていようとする真の理由をほのめかすことさえもしないで、彼女のもて遊んでいるあいまいな言葉は、そのつかまえどころのなさによって、彼をいやが上にも燃えたたせた。彼の願いに対しても、彼女はこんどは折れてでようとはせず、またこのような秘密めいたとつぜんの変心と拒否が、どれほど相手を刺戟するかに感づいていたので、約束さえもためらっていた……。そして、きわめて緊張した会話を半時間つづけたのちに、情愛のかけらさえも許さず、まして約束もせずに彼をあとにしたとき、彼女の内部は娘時代にしか知らなかったような、とても奇妙な感情に燃えていたのである。まるで小さなちかちかする焰が、おなかの奥底でくすぶっていて、彼女の頭上に襲いかかるほど烈しく火をあふり立ててくれる風を、ひたすら待っているような気がされた。彼女は裏通りの男たちが自分のほうにふり撒く視線をどれもこれも、あわただしく通りすぎざまに受けとめたが、そのような男性の誘いを意外にも数多くせしめたために、自分の顔に対する好奇心をひどく刺戟され、とつぜん花屋のショーウィンドウの鏡の前に立ちどまって、紅い薔薇や露のきらきらする菫にとりまかれた自分の美しさを眺めようとした。娘時代このかた一度も、自分をこれほど軽やかに、五感のすべてをこれほど爽やかに感じたことはなかったし、結婚の最初の日々も、また恋人の抱擁も、彼女の肉体をこんなに火花でつき刺しはしなかった。そして、これからはもはやこの甘美な血の惑溺をそっくり、軌道にのった日課のために浪費するのだという思いは、彼女をやりきれなくするのだった。不機嫌になって、彼女は歩きつづけた。うちの前でもう一度ためらいながら立ちどまった彼女は、このひと時の焰のような、感情を混乱させる大気をもう一度胸いっぱいに吸いこみ、恋の冒険のこの最後のひいて行く波を、深く心臓のところまで感じとろうとした。

そのとき、誰かが肩に触った。彼女はふり返った。「何を……何を一体もうまた、しろとおっしゃるんですの？」と、とつぜんあの憎らしい顔を見た彼女は、死なんばかりに驚いて口ごもったが、自分の言ったこの呪わしい言葉が耳に入ると、なおさらはっと驚いた。彼女は、もしいつかまた出会うことがあっても、あの女をもはやそれとは認めず、すべてを否認し、正面切ってゆすり女につめ寄ってやろう、と心に決めていたのに……今はもう手遅れだった。

「もう半時間も、ここで待ったのよ、ヴァーグナーの奥さん」

イレーネは身をすくませた。女はそれではやはり、名前と住所を知っていたのだ。もう万事休すだった。彼女は救われようもなく、相手の手中に落ちていた。

「半時間ももう、待ったのよ、ヴァーグナーの奥さん。」非難に似た威嚇の調子で、女は自分の言葉をくり返した。

「何をあなたは……何を一体、私にしろとおっしゃるんですの……？」

「自分でちゃんと知ってるはずよ、ヴァーグナーの奥さん」――イレーネは、名前を呼ばれると、ふたたび身をすくませた――「よおく知ってるはずよ、なぜ私が来たか」

「あの人には一度も会っていませんわ……もう行かせてください……二度とあの人には会いませ

んから……けっして……」

女は気持よさそうに、イレーネが興奮のためにそれ以上ものが言えなくなるのを、待っていた。それから、降伏した者に対するように、つっけんどんに言った。

「嘘をつくのはやめなさいよ！　私はあんたのあとをつけて、喫茶店まで行ったんだから。」そしてイレーネが逃げ腰になったのを見ると、あい変らず嘲るようにつけ足した、「私には仕事がないんだものね。お店をくびになったのよ、注文がへったとか、時勢がわるいとかって言ってさ。まあ、口実に利用してるのね。だから私たちのような者も、ちょいと散歩をするってわけよ……品行方正な奥様方と同じにね」

相手のこの言葉にこもる冷たい悪意は、イレーネの心臓につき刺さった。彼女は自分がこの卑しい女の露骨なすさまじさに対して、無防備であることを感じ、ますます烈しい渦のような不安にとらえられた。女が今にもまた大声でしゃべり始めたり、あるいは夫が通りがかったりするかもしれない、そうなったら万事休すだ。す早く彼女はマフのなかをさぐり、銀の財布をこじ開けて、指でつかめるだけのお金をそっくり取りだした。

しかしこんどは、相手の厚かましい手は――金《かね》に触れるやいなや――この前のようにへり下って閉じられるかわりに、こわばったまま空中を漂いつづけ、鳥の爪のように開かれていた。

「その銀の財布もおくれよ、お金をなくさないように！」とさらに、嘲るように歪められた口が、見かけは心地よげな笑いのうちに言うのだった。

イレーネは相手の眼を正視したが、それもほんの一秒間だった。この厚かましい、卑しい嘲りは、耐えがたかった。ひりひりする痛みのような嘔き気が、全身をつっ走るのが感ぜられた。行ってしまいたい、ただ行ってしまいたい、この顔だけはもう見たくない！　顔をそむけたまま、すばやい動作でその高価な財布をさし出したかと思うと、彼女は恐怖に追いたてられながら、階段を駆けのぼった。

夫はまだ帰宅していなかったので、彼女はソファーに身を投げだすことができた。身動きもせずに、まるで金槌で殴られたように、じっと横になっていた。やっと夫の声が外から聞えてきたとき、彼女は精いっぱい努力して気をとり直し、ロボットのような動作と死人のような感覚で、隣室へからだを引きずっていったのである。

今や恐怖が彼女のうちのなかに坐りこみ、どの部屋からも動こうとはしなかった。しばしば空虚な時間にくり返し波のように、あの怖ろしい出会いのひと齣ひと齣が記憶に寄せかえしてきたが、そんなとき彼女には、自分の状況の希望のなさが完全に明らかになるのだった。あの女は――どうしてそうなったのかは不可解だが――名前と住所を知っていたし、その最初の試みがあんなに見事に成功したのだから、これからはきっとどんな手段も憚らずに、ひとの秘密についての自分の知識を、永続的な恐喝のために利用することだろう。何年も何年も夢魔のように自分の生活にのしかかって、どんなに絶望的な努力をしてみても振るいおとせまい。なぜなら、みずから資力を持ち、また資産のある男の妻ではあっても、やはりイレーネ夫人には、一刀両断にあの女から解放されるほど多額の金を、夫の諒解なしに工面することは不可能であった。そのうえ――このことを彼女は、夫がたまたましてくれた話や、夫が扱ったことのある訴訟から知っていた――あんなにすれた破廉恥な手合いの契約や約束は、反古も同然なのだ。一ヵ月かひょっとすると二ヵ月――と彼女は計算した――災いを遠ざけることはできても、それを過ぎれば、彼女の家庭的幸福の見かけは堂々とした建物も、崩れおちるにちがいない。そしてわずかな満足を与えるものは、おそらくあのたかり女をこの崩壊にひきこむだろうという確信だけであった。

災いは避けがたい――こう彼女は、今や怖ろしい確信のうちに感づいていた――逃れることは不可能である。だが、何が……何が起るだろうか？　朝から晩まで、彼女はこの疑問をもてあぐんだ。或る日、夫に宛てた一通の手紙が届くだろう。彼女の目にはもはや、青ざめて暗い眼差しをした彼が入ってきて、自分の胸をとらえ、問いただすのが見えた……だが、それから……それから何が起るだろうか？　何を彼はするだろうか？　ここまで来るとイメージはとつぜん、混乱した身の毛もよだつ不安の暗闇のなかで消えうせた。彼女にはその先のことは分らず、彼女の臆測はめまいのする勢いで、底なしの淵に落ちていった。しかし一つのことが、こうして考えあぐむうちにも意識され、彼女は怖ろしくなるのだった。何とおぼろにしか、自分はもともと夫を知っていないのだろう、何とわずかしか、夫の決心を前もって計算することができないのだろう。彼女は両親のすすめに従って、だが抵抗もせずに、むしろこころよい――その後の年月によっても幻滅することのなかった――共感のために、彼と結婚し、これで八年も安楽な、静かに揺れては返す幸福を彼のそばで味わい、彼の子供をもうけ、家を持ち、からだをともにした時間は数えきれないほどであったのに、彼がどんな態度をとりうるかを自問してみた今になって、どれほど彼があい変らず自分にとって異質で、未知であるかがはっきりしたのである。そこでやっと彼女は、彼の性格を暗示してくれそうな個々の特徴に照らして、その全生活を測り始めた。小さな思い出の一つ一つを、今や彼女の不安はおずおずとした槌で叩き、彼の心の密室に通じる入口を見つけようとした。

そんなわけで彼女は――言葉は彼の正体を明してはくれないので――ちょうど自分の肱掛椅子に坐って書物を読みながら、電燈の強い光にくっきりと照らしだされている彼の顔に、徹底的に問いかけてみることにした。まるで見知らぬ人の顔のように、彼の顔をのぞきこんで、見なれた、しかも急にまたなじみのない容貌から、八年の共同生活が彼女の無関心な目におおい隠していた、性格の謎を解こうとしたのである。額は曇りなく品がよくて、内面の力強い精神的努力によって形を与えられているようであったが、口もとはしかし厳しくて、譲歩を知らなかった。とても男性的な容貌のすべてはひきしまっていて、エネルギーと気力をたたえていた。そのなかに或る美しさを発見して驚き、また一種の讃嘆を感じながら、彼女は彼の人柄のこの抑制された真剣さ、この目に見える峻厳さを観察したのである。だが眼は——そのなかにこそ、真の秘密が閉じこめられているにちがいなかった——書物のほうに伏せられていたので、彼女の観察もそこまでは届かなかった。そこで彼女は、もっぱら問いかけるように横顔をじっと見ていたが、それはまるで、この弓なりの線が恩赦か、さもなくば堕罪をあらわすただ一つの言葉を意味する、とでもいうようであった。このなじみのない横顔は、その堅苦しさによって彼女をはっと驚かせたが、しかしその決然とした様子のうちには、或る妙な美しさを初めて彼女に意識させるものがあったのである。急に彼女は、自分が悦びと誇りとをもって、彼に見とれていることに感づいた。そのとき彼が書物から眼を上げた。急いで彼女は暗がりのもっと奥のほうへ退き、自分の視線の燃えるような問いかけによって、彼の疑惑をあふるまいとした。

こうして三日間、彼女はうちを離れなかった。ところがもう、自分が急にこれほど根気づよくうちにいるために、ほかの連中の目をひき始めたことに気づいて、不愉快になるのだった。それというのも、だいたい彼女の社交的な気質から言って、何時間も、まして一日中をうちで過すことは、珍事に算えられたからである。

この変化に気づいた最初の者は、彼女の子供たち、特に上の男の子だったが、その子はママをこんなによくうちで見かけるという自分の素朴な不審を、胸の痛むほどはっきりと言いあらわした。他方、使用人たちはただ囁いたり、女家庭教師と臆測をとり交したりするだけであった。効果のない苦労とは知りながら、彼女は、自分の人目をひく在宅をいろいろ違った、ときにはひじょうに巧く考えだした緊急の事情によって、動機づけようとしたのだが、彼女が手伝いをしようと思うと、いたるところで手順を乱し、何かに加わると、いたるところで疑惑をよび覚ます始末だった。しかも彼女にはさらに、自分の自由意志による蟄居が人目をひく点を、賢明な遠慮——例えば静かに部屋に閉じこもって本を読んだり、何か仕事をしたりすること——によって目立たなくする、手際のよさが欠けていたのである。たえず内面の不安によって——それは、彼女の場合にはどのようなややや強度の感情もそうであったが、神経質な苛だちに転じるのだった——部屋から部屋へと駆りたてられていた。電話がかかってきたり、玄関のベルが鳴ったりするたびに、彼女は縮みあがった。そしてこのような神経の過敏な状態からすでに、全生活が粉砕されるだろうという予感が頭をもたげるのだった。牢獄のような部屋でのこの三日間は、八年にわたる結婚生活よりも長く思えた。

しかしこの三日目の晩のためには、何週間も前から夫といっしょの或る招待を承諾してしまっていたので、それを今から急にまともな理由も挙げずに断ることは、彼女には不可能だった。結局のところ、今彼女の生活のまわりに立てられているこの目に見えない恐怖の鉄格子は、彼女が破滅しないためには、いつかは壊されなくてはならないのであった。彼女に必要なのは人なかに出ることであり、自分自身から——不安のこの自殺的な孤独から——二三時間休息することだった。そしてその場合どこへ行けば、よそのうちで友だちのそばにいる以上に、ほっとすることができたであろうか？　どこで、彼女の道に忍びよるあの目に見えない追跡に対して、安心できたであろうか？　彼女はうちから外へ出て、いよいよあの出会い以来初めて通りに足を踏みいれたとき、ただの一秒、ほんの一秒だけ身ぶるいした。われ知らず夫の腕をつかみ、眼を閉じて、歩道から待っている自動車までの数歩をすす早く歩いた。だがそれから、夫のそばでほっとして、さも夜らしく人気のない通りを車の響きとともに走ってゆく頃には、内面の重苦しさは彼女から離れおちていたし、いよいよそのうちの階段を昇るときには、自分は救われたと感じていた。これで二三時間は、以前の長い年月と同じようにしていてもよいのだ。屈託なく、快活に、ただし牢獄の壁のなかからふたたび日の当るところへ昇ってくる者の、いっそう意識的な喜びをもって。ここには、すべての追跡に対する防波堤があった。憎悪も、ここには入りこむことができなかった。ここには、ただ彼女を愛し重んじ敬う人たち、上機嫌の焔によってほんのりと赤く照らしだされた、着飾って優雅な人たちだけがいて、その享楽の輪舞は、ついにはふたたび彼女をも巻きこむのだった。というのは、いよいよ入っていったとき、彼女は他の人たちの眼差しから自分が美しいということを感じとり、そしてこの意識的なまた長らく遠ざかっていた感情によって、なおさら美しくなったのである。

隣の部屋からは音楽が誘いかけ、彼女の燃えるような肌の奥深くまでしみ通った。ダンスが始まり、知らないうちに彼女は、早くも人いきれの只中にいた。生まれてからまだ一度もないほど、彼女は踊った。このぐるぐる廻る渦は、あらゆる重苦しさを彼女の外へ撒きちらし、リズムは手足のなかへ拡がり、からだ中を火のような運動で息づかせるのだった。音楽がやむと、彼女はそのとつぜんの静けさを苦痛のように感じた。それというのも、静けさのなかでは考えたり、思いだしたり——しかも「あのこと」を思いだしたり——するひまがあったし、せかせかした気持が焔となって、彼女の身ぶるいする手足に燃えあがったので、ついには水に浴みしてからだを冷やし鎮め浮ばせる人のように、彼女はふたたび渦のなかへ跳びこんだのである。ふだんの彼女はいつも普通に踊れる程度にすぎず、あまり几帳面で、あまり思慮深く、動作もあまり堅苦しく慎重すぎたのだが、解放された喜びのこの陶酔は、あらゆる肉体的なこだわりを融かした。彼女は自分がとめどなく、余すところなく、恍惚として流れほどけるのを感じた。身のまわりに、触ってはまた消えてゆく腕や手、囁きかける呼吸、くすぐるような笑い声、血のなかで痙攣する音楽を感じとる彼女の全身は、全く張りつめていたので、そのために服はからだに焼けつくほどであったし、彼女は無意識のうちに、いっそのことすべての蔽いをひき裂いて、裸かのままこの陶酔をもっと深く自分のなかへ感じとりたい、と思うほどであった。

「イレーネ、どうしたんだね？」ふり返った彼女は陶然と、笑った眼をして、まだパートナーの抱擁のためにすっかりほてっていた。そのとき、夫の不審げに見すえた視線が冷たく固く、彼女の心臓のなかへつき刺さったのである。彼女ははっと驚いた。あまり暴れすぎたのだろうか？自分の狂奔のために何かが露見したのだろうか？

「何を……何を思ってらっしゃるの、フリッツ？」と、彼の視線の急激なひと突きに当惑しながら口ごもった彼女は、ますます深く自分のなかへ喰いこむように思えるその視線を、今はもう全く内部で——全く心臓のところで——感じとっていた。断乎としてえぐろうとするこの眼の力に、彼女はあわや叫び声をあげそうになった。

「どうも変だな」と、やっと彼はつぶやいた。その声のなかには、ややもやした不審の念がこもっていた。彼女はあえて、何を思ってそんなことを言うの、と尋ねることはしなかった。しかし、ちょうど彼が無言であちらを向いたために、その肩が広く、固く、厚く、鋼のような首筋にかけて逞しくもり上っているのが目に入ると、身ぶるいが彼女の手足を走った。人殺しのそばにいるようだ、と彼女の脳裏をかすめるものがあったが、それは稲妻のようにまたたくまに消えてしまった。まるで初めて彼を——自分の夫を——見たかのように、今やっと彼女は、彼が強くて危険であることを感じて、恐怖でいっぱいになったのである。

音楽がまた始まった。一人の紳士が彼女のほうに歩みよった。彼女は機械的にその腕をとった。だがもうすべてが重たくなっていて、明るいメロディーも彼女のこわばった手足を、もはや軽やかにすることはできなかった。或るもやもやした重苦しさが心臓から両足に拡がって、どのステップも彼女に苦痛を与えるのだった。そこで彼女はパートナーに頼んで、自由にさせてもらうほかはなかった。退きぎわに、われ知らず彼女は、夫が近くにいるのではないかと、あたりを見廻した。そして縮みあがった。彼は彼女のすぐうしろに、まるで待ちかまえるように立っていて、またしてもきらりとその視線を、彼女の視線に突きあてたのである。彼は何をするつもりだろうか？　何をすでに知っているのだろうか？　われ知らず彼女は服をかき合せたが、それはまるで、露わな胸を彼から守らねばならぬとでもいうようであった。彼の沈黙はその視線と同じく、依然として執拗だった。

「もう行きましょうか？」と、彼女は不安げに尋ねた。

「うん。」彼の声は、固く無愛想に響いた。彼は先に出ていった。またもや彼女は、幅広い威嚇的な首筋を見た。毛皮の外套を着せかけてもらったが、しかし彼女は震えていた。沈黙のうちに二人は並んで、車を走らせた。彼女はひとことも話そうとはしなかった。おぼろに或る新しい危険を感じていた。今や彼女は両面から包囲されていたのである。

その夜、彼女は重たくのしかかる夢を見た。何かしら耳なれない音楽がうっとりとさせるように流れていて、広間は明るく高くて、彼女が入ってゆくと、多くの人たちや色どりが混りあって動いていた。すると、彼女が知っているとは思ったが、よく見当のつかない一人の若い男が、彼女のほうに歩みよって腕をつかんだので、彼女はその男と踊りだした。彼女の調子は、快適で柔軟だった。ただ一つの波となった音楽が彼女を軽やかに持ちあげ、もはや床も感じられないほどであった。こうして二人は多くの広間を踊りぬけていったが、そこには金のシャンデリアがはるか高いところに、星のように輝きながら小さな焔を点じていたし、多くの鏡が壁から壁へと、彼女自身の微笑を投げかえし、ふたたび遠くはなれたところへ無限の反射のうちに持ちさるのだった。ダンスはますます熱をおび、音楽はますます燃えさかった。彼女は、青年がいっそうぴったりと身をすり寄せ、その手が自分の露わな腕に喰いいっているので、苦痛にみちた快感のあまり、呻き声をあげないではおれないほどであるのに、気づいた。そして彼女の眼が彼の眼に見入った今、相手が誰であるかを認めたように思ったのである。或る俳優で、彼女が小娘の頃に遠くから、熱狂的に愛したことのある人のような気がされた。早くも彼女は有頂天になってその名前を口に出そうとしたが、相手は彼女のかすかな叫びを、灼熱した接吻で封じてしまった。そこで、唇は融けあい、灼熱したからだは一つに縺れあったまま、一陣の浄福の風に乗せられたように、二人は部屋から部屋へと舞っていった。壁が次々と流れすぎた。彼女は宙に漂う天井も、まして時間ももはや感づかないほど、言いようもなく軽やかで、手足の鎖を解かれたようであった。そのとき、とつぜん誰かが肩に触った。彼女が踊りをやめると、それにつれて音楽もやみ、光が消え、黒々と壁が四方から押しよせ、そしてパートナーは姿を消していた。「あの人を返しとくれ、この泥棒！」と、例の怖ろしい女が——なぜなら、肩に触ったのは彼女だったのだ——壁がきんきん響くほど叫び、氷のように冷たい指で彼女の手首をしめつけた。彼女は棒立ちになり、自分自身の叫び声、驚愕の狂おしい悲鳴を耳にした。そして二人は格闘したが、女のほうが強くて、彼女の真珠のネックレスと同時に、肩を出した服とを引きちぎったので、胸や腕がぶら下った布の端のあいだに、むき出しになってしまった。急にまた、人々がいた。すべての広間から、喧騒の度を加えながら流れよってきて、半裸の彼女を嘲るようににらんでいるのだった。そして例の女はかん高い声で叫んでいた、「こいつがあの人を私から盗んだのよ、この姦婦、この娼婦が。」彼女はどこに身を隠せばよいのか、どこに眼を向けたらよいのか、分らなかった。というのは、ますます近くに人々が寄ってきて、珍らしげに喉を鳴らしながらしかめ面をして、彼女の素肌に手をかけたからである。そして彼女のよろめく視線が、救いを求めて遠くへ走ったとき、彼女の目にはとつぜん、ドアの暗い額縁のなかに夫が身動きもせずに立ったまま、右手を背後に隠しているのが見えた。彼女は叫び声をあげ、彼から逃がれるために、多くの部屋を駆けぬけていった。彼女のうしろで、貪欲な人々の群がごった返していた。彼女は服がだんだんずり落ちてくるのを感じたが、ほとんどそれを抑えていることができなかった。そのときドアが一つ目の前ではじけ開いたので、彼女は何が何でも助かりたいばかりに、階段を転がるように降りていったが、しかし下には、もうまたあの卑しい女が、粗毛の服をまとい、両手の爪を立てて待ちかまえていた。彼女は脇へ跳びおりて、狂ったように遠くをめざして駆けていったが、相手もそのあとを転がるように追うので、二人とも夜のなかを、長い沈黙した通りにそって駆けぬけていった。すると街燈は歯をむき出して笑いながら、二人のほうへ身をかがめるのだった。自分のうしろにいつも、女の木靴の音がかたかたと反響するのが聞えていたのに、彼女が通りの角まで来るとかならず、そこでもまた女が跳びだし、次の角でもまたそうだった。すべての建物のうしろに、右にも左にも、女は待ちぶせていた。いつもすでにそこにいて、怖ろしく沢山の数に増えるので、追いこすことができなかった。いつも前に跳びだし、つかみかかるので、彼女はもう膝が言うことをきかなくなったのを感じた。けれどもやっと、自分のうちが見えた。彼女は転がるように駆けよったが、玄関のドアを押しひらくと、そこには夫がナイフを手にして立ち、例の貫きとおす視線でにらんでいた。「どこにいたんだ?」と、彼はおぼろな声で尋ねた。「どこにも」という自分の返事と同時に、早くも自分の脇にかん高い笑い声が聞えた。「私は見たんだよ! 私は見たんだよ!」と、女が歯をむき出しながら叫んでいた。とつぜんまた彼女の脇に立って、物狂おしく笑っていたのだ。すると夫はナイフを振りかざした。「助けて!」と、彼女は叫び声をあげた。「助けて!」

……

彼女がじっと上を見たとき、その脅えた視線は、夫の視線に突きあたった。何という……何ということだろう？　彼女は自分の部屋にいた。天井から吊してある電燈が、淡い光を放っていた。彼女は自分のうちに、自分のベッドにいた。ただ夢を見ていたのだ。だがどうして、夫が彼女のベッドの縁に坐って、彼女を病人のように見まもっているのだろう？　誰が明りをともしたのだろう？　なぜ彼はこんなに真剣に、こんなに身動きもせずにじっと坐っているのだろう？　驚愕が彼女の全身をつっ走った。われ知らず彼女は、彼の手のほうを見つめた。嘘だ、ナイフなんか持ってやしない。おもむろに睡眠の麻痺と、その幻像の稲妻とが、彼女から引いていった。彼女は夢を見て、夢のなかで叫び、彼を起したにちがいなかった。だがなぜ、彼はこんなに真剣に、こんなにしみ通るように、こんなに仮借なく真剣に、自分を見つめているのだろうか？

彼女は微笑しようと試みた。「どう……どうなさったの？　なぜそんなに私を見つめてらっしゃるの？　私きっと、悪い夢を見たんだわ。」「うん、大きな声で叫んでいた。隣の部屋から聞えたよ」

何を叫んだのかしら、何を洩らしたのかしら――と彼女は身ぶるいした――何をすでにこの人は知っているのかしら？　彼女にはほとんど、ふたたび彼の眼差しを見あげる勇気はなかった。だが彼は全く真剣に、妙に落着いて、彼女を見おろしていた。

「どうしたんだね、イレーネ？　何かが君のなかで起っているようだよ。君は二三日前から、すっかり変ってしまった。起きているときも、熱病にかかったように苛々と放心しているし、眠っていても、助けを呼ぶんだからね。」彼女はふたたび微笑しようと試みた。「いや」と、彼はしつこく言った、「僕に何一つ隠しちゃいけないよ。何か心配ごとでもあるのかね、それとも何かが君を苦しめるのかね？　うち中のみんながもう、君の変りようには気づいているんだ。僕を信頼しなくちゃいけないよ、イレーネ」

彼はそっと彼女のほうに身を寄せた。彼女は彼の指が、自分の露わな腕をさすり撫でているのを感じた。そして彼の眼には、変な光が宿っていた。或る欲求が彼女を襲った。今、自分の悩んでいるのを彼が見たこの瞬間に、彼の逞しいからだに身を投げかけ、すがりつき、すべてを告白し、許してくれるまで彼を離さないでいたい……。

しかし、天井から吊してある電燈が淡い光を放ち、彼女の顔を照らしていたので、彼女は恥ずかしくなった。告白の言葉を吐くことが、こわかったのである。

「心配しないでね、フリッツ。」彼女は微笑しようと試みたが、彼女のからだは素足の爪先まで震えていた。「私、少し苛々しているだけよ。じきにすんでしまうと思うわ」

彼女をすでに抱きかかえていた手が、あわてて引っこめられた。今やっと彼の顔を――それは冷ややかな光のなかで青白く、額は重苦しい影に蔽われていた――見つめた彼女は、身ぶるいした。彼はおもむろに身を起した。

「よく分らないが、何だか君には僕に言いたいことが、この二三日間ずっとあるんじゃないかと思ったんだよ。何か君と僕だけに関係のあることでね。今僕たちは二人きりなんだよ、イレーネ」

彼女は横になったまま、身じろぎもしなかった。いわばこの真剣な、同時にとりつくろった眼差しによって、催眠術にかけられたようだった。どんなによい方向に——と彼女は感じた——今すぐすべてが変ることだろう。ほんのひとこと言いさえすればよいのだ。許して、という短いひとことを。そして彼は、何を、と尋ねることはあるまい。だがなぜ、電燈が光を放っているのだろう？　この賑やかな、厚かましい、聴き耳をたてている光。暗闇のなかでなら、言うことができたかもしれない、そう彼女は感じた。しかしこの光は、彼女の気力をくじくのだった。

「じゃあ、ほんとうに何も、全く何も、僕に言いたいことはないんだね？」

何と怖ろしい誘惑、何と柔かい声であろう！　いまだかつて彼女は、彼がこんなふうに話すのを聞いたことがなかった。だがこの光、天井から吊してある電燈のこの黄色い、貪欲な光！

彼女はとっさに覚悟をきめた。そして「変なことを思いつく方ね」と、笑って言ったが、早くも自分の声の上ずった調子にはっと驚くのだった。「私がよく眠れないからって、それがもう私に秘密があることになりますの？　おまけに、まるで浮気でもしたみたいに？」

彼女自身が身ぶるいしていた。何と偽りに、何と嘘っぱちに響く言葉だろう。彼女は骨の髄まで、自分自身が怖ろしくなって、われ知らず視線をそらせた。

「それじゃ——おやすみ。」彼はこんどは短く、全く鋭く、こう言った。すっかり別な声で、威嚇のように、あるいは悪意と危険のこもった嘲笑のように。

それから彼は電燈を消した。彼女は、彼のほの白い影がドアのなかに音もなく、淡く、夜の幽霊のように消えてゆくのを見ていた。そしてドアが閉ったとき、まるで棺桶にふたをされたような気がした。世界中が死にたえた感じだったが、ただ彼女の硬直した肉体のうつろな内部では、自分の心臓が音高く荒々しく胸壁に突きあたり、どの鼓動も苦痛また苦痛であった。

翌日、みんな揃って昼食の席についたとき——子供たちは今さっき喧嘩をして、やっとのことで静粛にさせることができた——女中が一通の手紙を持ってきた。奥様に、そして使いの者が返事を待っております、というのだった。彼女はびっくりして、見なれない文字を眺め、急いで封筒を開いたが、すでに最初の一行で急激に青ざめてしまった。一挙にぱっと席を立った彼女は、ほかの連中が申しあわせたように不審な顔をしたことから、自分の唐突な態度には秘密を洩らす無思慮さがあると気づいて、なおさらはっと驚いた。

その手紙は短かった。三行だった。「どうぞ、この手紙の持参者に、すぐ百クローネをお渡し下さい。」明らかに偽った字体で、署名も日附もなく、ただこの不気味に押しつけがましい命令だけが書いてあった。イレーネ夫人は自分の部屋に走ってゆき、金を持ってこようとした。けれども、手箱の鍵をどこかへ置き忘れていたので、やっきになってすべての引出しを引っぱったり揺すぶったりして、やっと鍵を見つけだした。そして震えながら紙幣を封筒に畳みこみ、みずから玄関で、待っている使いの者に手渡した。彼女はこれらすべてのことを全く無感覚に、催眠術にかけられたように行い、ためらう余地などは考えてもみなかった。そのあとで――せいぜい二分間、彼女は席を離れていたわけである――ふたたび食堂に戻っていった。

みんな黙っていた。彼女はおどおどと不愉快そうに腰をおろし、何か言い逃れを探そうとしたちょうどそのとき――ひどく手が震えたために、持ちあげたコップを急いで下に置かなくてはならなかった――よにも怖ろしい驚愕のうちに気づいたのである。自分は落雷にも似た不意打ちについぼんやりして、さっきの手紙を開いたまま皿の脇に置きっぱなしにしていたのだ。こっそりと手をのばして、便箋をくしゃくしゃに丸めた彼女は、だがいよいよそれをポケットに押しこむとき、目を上げると夫の強い視線に――彼女がそれまで一度も彼に認めたことのない、貫きとおす、厳しい、痛いような視線に――出くわした。二三日このかた今やっと、彼は視線によって、このようなとつぜんの不信の攻撃を彼女に加えたのだが、彼女はそのためにからだの奥底が震えるのを感じ、またそれをかわすすべを知らなかった。このような視線で彼はあのダンスのときにも、彼女につかみかかったのであった。ゆうべナイフのように彼女の眠りの上に閃いたのも、同じ視線であった。そしてこの緊張した沈黙を突きやぶるために、或る言葉をまだ探しているうちに、彼女はとっくに忘れていた記憶に襲われた。つまり、夫がいつか話してくれた、弁護人として予審判事と対決したときの経験である。その判事の手管は、訊問のあいだ中いわば近視のような眼差しで、書類をすみからすみまで吟味しているが、そのあとでほんとうに決定的な質問になると、眼を稲妻のように上げ、匕首のように被告の急激な驚きめがけて突きさすことにあった。すると被告もじっさいに、注意力を収斂したこのぎらぎらする稲妻のために度を失って、用心深く振りかざしていた嘘を力つきて引っこめるのであった。夫は今みずから、そんな危険な手を験そうとしているのだろうか？　彼女は身ぶるいした。しかも彼女は、ひじょうに大きな心理学的情熱が彼を、法律学的要求をはるかに超えて、その職業に縛りつけていると知っていたので、なおさらそうであった。或る犯罪事件の捜査、究明、解釈は、ちょうど他の男たちに対する賭事や色事のように、彼を熱中させることができたし、心理学的猟奇のそのような日々に、彼はいわば内面的に灼熱しているのだった。燃えるような神経の苛だちは、彼に夜分しばしば忘れていた判例を漁らせるほどであったが、外面的には鋼のような不透明と化していた。彼は食べるものも飲むものもごく少量ですませ、ただ煙草だけはたえずふかし、言葉は法廷に立つ時のためにいわば貯蓄していた。一度彼女は、彼が法廷で弁護するのを見たことがあったが、二度とふたたびくり返そうとはしなかった。それほど彼女は彼の弁論の陰にこもった情熱、ほとんど意地の悪い灼熱、彼の顔にあらわれた鬱陶しく苦渋な表情に、はっと驚いたのである。そのときの表情を彼女は今急に、威嚇的にしかめた眉の下のじっと動かぬ視線のうちに、ふたたび見いだしたように思った。

これらすべての失われた記憶が、この一秒のうちにひしめいて、彼女の唇の上でますます不器用な形をとろうとする言葉を妨害した。彼女は黙っていたが、この沈黙がどんなに危険なものであるかを感じとるにつれて、ますます混乱してきた。幸いなことに昼食はやがて終り、子供たちはぱっと席を立って、明るい楽しそうな声をあげて次の間に駆けこんだが、その腕白ぶりは女家庭教師がいくらなだめようと努めても、ききめがなかった。夫もまた立ちあがって、重苦しそうに、ふり向きもせずに、次の間に入っていった。

やっと一人きりになると、彼女はあの因業な手紙をふたたび取りだして、もう一度、文面に目を走らせた。「どうぞ、この手紙の持参者に、すぐ百クローネをお渡し下さい。」それから彼女の手は、手紙を細かくひき裂き、その残りを丸めて紙屑籠に捨てようとしたが、そのとき彼女は——誰かが破片をつなぎ合せるかもしれない！——と思案して、捨てるのをやめ、暖炉に身をかがめて、その紙きれをぱちぱち燃える灼熱のなかに投げこんだ。白い焔が貪欲に跳ねあがって、この威嚇を食いほろぼしたので、彼女を安心させた。

この瞬間に、夫のひき返してくる足音が、すでにドアのところに聞えた。す早く立ちあがった彼女の顔は、熱気に触れ不意を襲われたために、赤かった。暖炉のふたがまだ秘密ありげに開いたままだったので、彼女は不器用に自分のからだでそれを隠そうとした。しかし彼はただ——見たところだらしなく——食卓に歩みより、葉巻のためにマッチを擦っただけであった。そしてその焔がいよいよ彼の顔の近くまで来たとき、彼女は、彼の場合つねに秘めた怒りをあらわすあの震えが、小鼻のあたりにちらちらしているのを見たと思った。落着いて、彼はそのときこちらに視線を向けた。「君にちょっと言っておきたいんだが、君は僕に自分の手紙を見せる義務はないんだよ。僕に対して秘密を持ちたいというんだったら、それは全く君の自由になることだからね。」彼女は黙ったままで、彼の顔を見つめる勇気もなかった。彼は一瞬待っていたが、それから葉巻の煙を強い息で、まるで胸の奥底からのように吐きだし、重苦しい足どりで部屋を去っていった。

彼女は今はもう何も考えないで、ただもっと生活に没頭し、頭を麻痺させ、空虚で無意味なことに熱中して心を充たしたいと思うのだった。うちはもはや耐えられなかったので、彼女は――自分でもそう感じたのだが――通りの人なかへ出て、恐怖のあまり気が狂うことのないようにしなくてはならなかった。あの百クローネで――と彼女は思った――少なくともまる二三日間の自由が、あのゆすり女から購われたわけであった。そこで、ふたたび思いきって散歩しようと決心したのだが、それもいろいろ買物があったり、ことにうちでは、自分の態度が変ったために人目に立つのを隠す必要があったりしただけに、なおさらそう思えたのである。今ではすでに、彼女がうちを逃げだす態度も一定していた。彼女は家の門から、ちょうど跳込板のような具合に目を閉じて、通りの人波に身を投げた。そしていったん固い敷石を足の下に、温い人波を身のまわりに感じると、苛々とあわただしげに、およそ淑女が人目に立たないで歩けるかぎりの早さで、まっしぐらに先へ先へと突きすすみ、目をじっと地面に向けたまま、またしてもあの危険な視線に出会うかもしれないという当然の怖れを抱いていた。たとえ待ちぶせされていても、少なくともそれを知りたくはなかった。だがやはり、自分がそれ以外には何も考えていないことを感じとったし、たまたま誰かが自分のからだとすれ違うたびに、縮みあがるのだった。彼女の神経はどの物音にも、うしろから来るどの足音にも、すれ違うどの人影にも、苦痛を感じた。ただ車のなかか、よそのうちにいるときだけ、ほんとうに息をつくことができたのである。

一人の紳士が、彼女に挨拶した。目を上げて見ると、彼女のさとの昔からの友だち——親切でおしゃべりな白髪の老人——であることが分った。その人を彼女がふだんはなるべく避けるようにしていたわけは、自分のちょっとした、多分そう思いこんでいるだけのからだの故障を訴えて、人を悩ます癖があったからである。しかし今はその挨拶に、ただ有難うと答えただけで、ついて来てほしいと頼まなかったことが、残念に思われた。というのは、知合いがそばにいればやはり、あのゆすり女が不意に言葉をかけるのを防ぐことになるかもしれなかった。彼女は先へ進むのをためらい、遅ればせながらひき返そうと思った。そのとき誰かがうしろから急いで、自分のほうに歩みよるような気がしたので、本能的に、熟慮もせずに、どんどんと駆けていった。だが彼女は背後に、不安のおかげで恐ろしいまでにとぎ澄まされた第六感によって、いわば加速度的な接近を感じとり、ますますあわただしく走っていったものの、この追跡から結局は逃れられないことも分っていた。彼女の肩は、例の手が――彼女はますます近くに足音を感じとった――いよいよ次の瞬間には自分に触れるのではないかという予感のうちに、ぶるぶると震え始め、歩く速度を増そうとすればするほど、彼女の膝は重くなった。すぐ近くに、彼女は今や追跡者を感じた。するとこんどは「イレーネ！」と、しみ通るように、しかも低く、うしろから或る声が呼んだのである。それは誰のものか、まず思案してみなければ分らなかったが、しかし怖れていた声――不幸のあの恐ろしい使者――ではなかった。ほっと息をついて、彼女はふり返った。一挙にぱっと立ちどまった彼女に、もう少しでぶつかりそうになったのは、なんと彼女の恋人だった。蒼白な錯乱した顔には、興奮の――そして今、彼女の度を失った眼差しにあうと羞恥の――色がありありと見えた。とり乱した彼は挨拶のために手をさし出したが、彼女が自分の手を与えないので、またおろしてしまった。彼女は彼を一秒か二秒、ただにらみつけていた。それほど、彼を予期していなかったのである。ほかならぬ彼のことを、彼女は不安のこの数日間ずっと忘れていた。しかし今、彼の蒼白なもの問いたげな顔を近くから見たとき――そこには、どんなあやふやな感情のためにもつねに目のなかに書きしるされる、あの途方にくれた空虚の表情が見られた――とつぜん憤慨が彼女のなかからむくむくと湧きおこった。彼女の唇は言葉を求めて震えていたし、彼女の顔面の興奮は全く目に見えるものだったので、相手ははっと驚いて、ただ彼女の名前を口ごもるばかりであった。「イレーネ、どうしたの?」そして、彼女の我慢しきれない身振りを見ると、早くもまた、全く負目を意識しながらつけ加えた。「何を僕が一体君にしたんだい?」

彼女は相手を、うまく憤慨を抑えきれずに、にらみつけていた。「何をあなたが私にしたか、ですって?」と、嘲るように笑って言った。「何も! 全然何もよ! 良いことだけ! お楽しみだけだわ」

彼の眼差しは気が抜けたようで、口はあきれかえって半分開いたままだった。そしてそれが、彼の外貌の単純、滑稽な感じをさらに増した。「だってイレーネ……イレーネ!」

「そんなに騒ぎたてないでよ」と、彼女は相手をつっけんどんにたしなめた。「それに、私の前でお芝居はやめて頂戴。きっとまた近くで待ちぶせしているんだわ、あなたのご清潔なお友だちが。そしてまた私に襲いかかって……」

「誰……いったい誰が?」

できることなら、拳で相手の顔を殴ってやりたいところだった。この間の抜けてこわばった、歪んだ顔を。彼女はすでに、自分の手が傘をわし摑みにするのを感じとった。いまだかつて一人の人間を、これほど軽蔑し、これほど憎悪したことはなかった。

「だってイレーネ……イレーネ」と、彼はますますしどろもどろに口ごもった。「何を僕が一体君にしたんだい？……急に寄りつかなくなって……僕は君を夜も昼も待ってるんだよ……まる一日、今日はもう君のうちの前に立って、待ってたんだ。君と一分間でも話せたらと思ってね」「待ってた……そう……あなたもなのね。」それは彼女に意識を失わせるほどの――彼女はそれを感じた――憤慨であった。この顔を殴ってやれたら、どんなにか良い気持だろう！　しかし彼女は気をとり直して、相手をもう一度、燃えるような嫌悪にみちた目で見つめた。せきとめられた怒りをそっくり、侮蔑の唾きとともに相手の顔に吐きかけるべきではないかと、いわば熟慮しながら、それからとつぜん向きを変えて、あとも見ずに、人ごみのなかへ割りこんでいったのである。彼は立ちどまったまま、なお嘆願するように手をさし伸べていたが、やがて通りの流れに呑みこまれ、押しやられてしまった。ちょうど、水の流れが浮き沈みする木の葉を呑みこんだ場合に、よろめいたり廻ったりしながら抵抗してみても、結局はやはり意志をなくして、押しやられてしまうのに似ていた。

しかしあくまでも手順どおりに、彼女は好ましい希望にふけっているわけにはゆかなくなった。早くも翌日、また一通の手紙が届いたのである。それは彼女のせっかく力弱った不安に威しをかける、再度の鞭打ちだった。こんどは二百クローネの要求額で、それを彼女は無抵抗に与えてしまった。恐喝のこの急激な値上がりは、恐ろしく思われた。彼女は物質的にもそれに追いつけないことを感じた。なぜなら、資力のある家庭の出ではあってもやはり、人目に立たないでかなり大きな金額を調達できる立場にはなかったからである。そしてまた、かりにできたとしても何の役に立つだろうか？　彼女には分っていた、明日は四百クローネ、やがて千クローネというふうに、多く与えるだけそれだけ要求額も多くなり、そうやって結局は彼女の財源が底をつくがはやいか、匿名の手紙、つまり破滅が訪れるであろう。彼女が購ったのは、ただ時間だけ——それもほんの一息つくひま、二日か三日、ひょっとして一週間の休息、だが責苦と緊張にみちた全く恐ろしく無価値な時間——であった。彼女はもはや本を読むことも、何一つすることもできずに、魔神のような内面の不安によって駆りたてられていた。彼女は自分が病気だと感じた。ときおり急に腰をおろさなくてはならないほど、烈しい動悸に襲われたし、落着きのない重苦しさのために、苦痛に近い疲労のしぶとい漿液を充たされた手足すべては、それにもかかわらず睡眠を受けつけようとはしなかった。しかもなお、痙攣する神経を抑えて微笑し、楽しげな様子をしなくてはならなかったので、誰もこの見せかけの快活さを支える無限の努力を予感するものはなかった。この英雄的な力を彼女は、そのような毎日の、しかも無益な自己迫害に浪費していたのである。

ただ一人だけが、彼女をとりまくすべての連中のなかで——そう彼女には思われたのだが——彼女のなかで起る怖ろしい事件を、幾らか予感しているようだった。そしてこの一人だけというわけは、彼が彼女を待ちぶせているからだった。彼女は感づき、そしてこの確信は彼女に二倍の用心を強いた。つまり、彼女が彼のことばかり考えているように、夫もたえず彼女のことに気を奪われていたのである。二人は昼も夜も互いに忍びより、いわば相手のまわりを廻りながら、相手の秘密を探り、自分の秘密は背後に隠そうとしていた。夫もまた最近、別人のようになった。あの宗教裁判めいた最初の数日間の威嚇的な厳しさは、彼の場合には一種独特な親切と配慮にところを譲ったのだが、それは彼女にわれ知らず新婚時代を思いださせた。病人のように彼が自分を扱ってくれるそのいたわりは、彼女を混乱させた。彼女は、彼がときおり救済の言葉をいわば振るまってくれたり、誘惑的な気軽さで自分に告白をしてくれたりするのに感づいて、妙な身ぶるいを味わった。彼の意図を察し、その親切を嬉しく思いながら感謝していた。だがまた、好意の感情が前よりも動いてくるにつれて、彼に対する自分の羞恥心も大きくなり、そのために以前の猜疑心よりももっと厳しく、言葉が妨害されるのを感じたのである。

或る時、このような日々に、彼は彼女に向って全くはっきりと、真正面からものを言った。彼女がうちへ帰ってみると、控えの間から大きな声が聞えてきたのである。鋭く張りあげた夫の声と、女家庭教師のがみがみしゃべる声と、それにまじってわんわん泣く声と、すすり泣きの音。彼女の最初の感情は、驚愕であった。いつも、大きな声や興奮した声をうちで耳にするたびに、彼女はぞっと身ぶるいするのだった。不安が彼女の場合には、異常なことすべてに反応する感情だった。手紙がもう届いていて、秘密をばらしたのではないかという、燃えるような不安。いつも、玄関のドアを開くたびに、彼女の最初のもの問いたげな視線はうちの連中の顔に躍りかかり、何事も自分の留守中に起らなかったろうか、破局がすでに自分の遠ざかっているあいだに突発したのではなかろうか、と問いただすのだった。もっともこの日は――彼女がやがてそうと認めて、安心したとおり――ただ子供の喧嘩、小規模な臨時裁判にすぎなかった。或る伯母がつい二三日前、男の子に色の綺麗な仔馬の玩具《おもちゃ》を持ってきたので、それほど良くない贈物を貰った下の女の子が腹をたてたのだった。女の子は自分にも権利のあることをやっきになって主張したが、ききめがなかった上に、あまりしつこかったので、男の子は自分の玩具におよそ手を触れることを拒んだ。それはまず娘の大声の怒りを、次にはもやもやと卑屈で頑固な沈黙を掻きたてた。だがその翌日、仔馬はとつぜん跡かたもなく姿を消し、いくら探してみても無駄だったが、結局は偶然のことから、紛失物はばらばらになって暖炉のなかで発見された。木の部分はへし折られ、色のついた毛皮はひき裂かれ、なかの詰め物はむしり取られていた。嫌疑は当然、女の子にかかった。泣きながら男の子は父親のところに駆けつけて、意地悪な妹を訴えたので、ちょうど訊問が始まったところだった。

この小規模な裁判は、やがて判決を下された。娘ははじめ否認していたが、もちろんおどおどと眼を伏せていたし、声には秘密を洩らす震えがあった。女家庭教師が反対の証言をした。彼女は、女の子が怒りにまかせて、仔馬を窓から投げおとすと威したのを、聞いていたのである。そのことを否認しようとする娘の苦労は、むなしかった。すすり泣きと絶望の、ちょっとした愁嘆場があった。イレーネは、ひたすら夫を見つめていた。彼女にはまるで、彼が娘に対する裁きではなく、はやくも彼女自身の運命に対する裁きの庭に臨んでいるように思われた。なぜなら、彼女はひょっとすると明日にはもう、こんなふうに彼の前に引きたてられて、声を同じように震わせ、同じように弾ませているかもしれなかったのだ。夫は始め娘が嘘に固執しているあいだは、厳しい目で見つめていたが、それからひとことひとこと抵抗を排除し、それが拒否されてもいっこうに怒りだす様子はなかった。だがそのあとで、否認がもやもやと停滞し始めると、彼は娘にやさしく話しかけ、単刀直入に行為の内的必然性を証明し、最初の無思慮な怒りに駆られてこういうつまらぬことをしたのだが、その際に兄の心をじっさいに痛めるだろうとは思ってもいなかったのだ、と或る程度まで情状酌量もした。彼自身があらゆる酌量すべき点を納得のゆくように陳述し、ますます自信をなくしてゆく娘に情理をつくして、自分の行為は理解されうるがやはり有罪とされるべきものであることを説明したので、娘はついにわっと涙を流し、烈しく泣き声をあげ始めた。そしてやがて顔中涙にかきくれて、告白の言葉を口ごもりながら述べたのである。

イレーネは駆けよって、泣いている子供を抱きしめようとしたが、下の娘は怒って彼女を突きのけた。夫もまた彼女をたしなめて、この早まった同情をやめさせた。というのも、彼はこの過失をやはり、懲罰なしにはすませたがらなかったのである。そこで彼は、いかにも軽微ではあるが、子供にとっては身にしみる罰を課した。女の子が数週間も前から楽しみにしていた或る催しに、明日行ってはならないというのだった。泣き声をあげながら、娘は彼の判決を聞いていた。男の子は大声で勝利を讃え始めたが、しかしこの早まった憎々しげな嘲りは、彼をまたたくまに同様に懲罰の巻きぞえにしてしまい、彼もまた他人の心を傷つけて喜んだかわりに、例の子供たちのお祝いに行く許可を取りあげられた。悲しみながら、わずかに自分たちの罰が同じであることによって慰められて、二人は結局引きさがり、イレーネは夫とだけい残った。

今こそついに――と彼女は感じた――子供の罪や告白についての会話という仮面にかくれて、彼女自身の罪を話す機会だった。もし彼が今、子供に対する自分の取りなしをやさしく受けいれてくれるようなら――彼女には分っていたのだ――そのときは自分もおそらく思いきって、自分のために話すことができるだろう。

「ねえ、フリッツ」と、彼女は始めてみた、「あなた、ほんとうに子供たちを明日は行かせないおつもり？　すっかり惨めな気持でしょうよ、ことに下の娘は。あの子がやったことは、それほどたちの悪いものではけっしてなかったんですもの。なぜあんなに厳しく罰するのかしら？　あなたはちっとも可哀そうじゃありませんの、下の娘のことが？」

彼は彼女を見つめた。

「あの子が可哀そうじゃないか、という質問だね？　それに対して僕はこう言うね、今日はもう可哀そうじゃない。あの子の気持はほんとうは、罰せられた今になってやっと楽になったんだよ。惨めだったのは、むしろ昨日だよ。可哀そうにあの仔馬はへし折られて、暖炉のなかにつっ込まれているし、うち中のみんながそれを探しているし、あの子は明けても暮れても、見つかるだろう、見つかるにちがいない、という不安を抱いていたんだからね。不安のほうが懲罰よりも、たちの悪いものだよ。だって懲罰はつまり確定したものだから、その軽重を問わずつねに、恐ろしい不確定——あの緊張の無限に続く恐怖状態——よりはましなんだ。罪のある者は自分の罰を望むやいなや、気持が楽になる。涙なんかに惑わされちゃいけないよ。それはたまたま今、そとに溢れでたにすぎない。それまでは胸のなかに積っていたんだ。しかもなかでのほうが、そとでよりも、たちの悪い圧迫感になるものだからね」

彼女は目を上げた。彼女にはまるで、彼がひとことひとことを自分にあてつけて放っているような気がされた。だが彼は、彼女を全く眼中に置いていない様子であった。

「ほんとうにそうなんだ。僕の言うことを信用していいよ。僕はこのことを法廷や、予審から知っているんだ。被告たちが最も悩むのは隠しだて、つまり一つの嘘を何百というこまごました秘かな攻撃に対して守らなくてはならないという、恐怖にみちた強制のためなんだ。見ていても怖ろしい光景だよ、被告がのたうち廻り、身悶えするのは。彼の《そうです》という言葉をまるで、鉤で嫌がる肉からもぎ取るように、手に入れなくてはならないんだからね。往々にしてその言葉はもう、喉元にひっかかっている。なかからすでに、抵抗しがたい力のために押しあげられてきて、連中はそのために喉をつまらせる。ほとんどもう言葉になりかけている。そのとき悪い力――反抗と不安のあの得体の知れない感情――にうち負かされて、連中はそれをまた呑みくだす。するとと、戦いはあらためて始まることになる。裁判官のほうが往々にして、その際に犠牲者よりももっと悩むものだ。それにもかかわらず被告たちは、裁判官をつねに敵とみなしている。じっさいは彼らの味方なんだがね。そして僕の場合は、彼らの弁護人であり、弁明者なんだから、本来は自分の被弁護人たちに対して告白しないように戒め、彼らの嘘を固め強めてやるべきなんだろう。しかし内心ではあえてそうしないことがよくあるね。なぜって、連中は告白や懲罰よりも、むしろ告白しないことに悩んでいるんだよ。僕にはそもそも今だに理解できないね、或る行為を危険を意識しながらやれる人間が、そのあとで告白する勇気を持てないなんて。言葉に対するこのちっぽけな不安は、どんな犯罪よりも憐れむべきものだと思うね」

「あなたの御意見では……いつも……いつも不安だけが……その人たちの邪魔になるっていうの？　もしかすると……もしかすると、羞恥じゃないのかしら……心のなかのことをすっかり話す……すべての人々の前で裸になることに対する羞恥じゃ？」

不審そうに、彼は目を上げた。ふだんは、彼女から回答を受けることに、慣れてはいなかったのである。しかしこの言葉は、彼を夢中にした。

「羞恥、と言うんだね……それは……それは、やはり一種の不安にすぎないよ……もっとも、ましな不安だな……懲罰に対するものじゃなくて……つまり、こうなんだ……」

夫は妙に興奮していつしか立ちあがり、歩きまわっていた。羞恥心という発想が、彼のなかの何かを射あてたらしく、それが今、痙攣し、嵐のように動揺しているのだった。とつぜん彼は立ちどまった。

「そりゃ僕も認めるよ……人々に対する……他人に対する……俗衆に対する羞恥……あの手合は新聞からひとの運命を、バタつきのパンのように貪りくうんだからね……しかしそれだったら、少なくともやはり自分に身近かな人たちに対しては、白状できるはずだろう……」

「ひょっとすると」——彼からそんなふうに見つめられ、自分の声が震えているのに感づいた彼女は、顔をそむけないわけにはゆかなかった——「ひょっとすると……羞恥が一番大きいのは……自分に一番……身近かな人たちに対してですわ」

彼はふたたび立ちどまったが、心のなかの或る力にとらえられているように見えた。

「すると君の意見では……君の意見では……」——そして急に彼の声は変って、ひどく弱々しく暗くなった——「……君の意見では……ヘレーネは……誰かほかの人にならもっと気軽に告白しただろう……たぶん家庭教師にならば……つまりあの子は……」

「私はきっとそうだと思いますわ……あの子はただあなただからこそ、あんなに抵抗したんですのよ……だって……だって、あなたの判決はあの子には一番重大なんですもの……つまり……あの子は……あなたを一番愛しているんですもの……」

またもや彼は立ちどまった。

「君の……君の言うことはたぶん……いや、それどころかきっと正しいんだ……それにしても変だな……よりによってそういうことを、僕は一度も考えてみなかった。しかし、君の言うことは正しい。僕は君に、人を許せない人間だと思われるのはいやだね……そう思われたくはない……ほかでもない君に、そう思われたくはないよ、イレーネ……」

彼は彼女を見つめた。そして彼女は、自分が彼の視線のもとで赤くなるのに感づいた。意図して、彼はこんな言い方をするのだろうか、それとも偶然――悪意のある危険な偶然――のしわざだろうか？　あい変らず彼女は、恐ろしい不決断を感じていた。

「あの判決は破棄にするよ」――何か或る快活な気持が、今や彼を襲ったようであった――「ヘレーネは釈放だ。僕が行って、あの子に自分で宣告してこよう。君はこれで僕に満足かい？　それともまだ何か希望があるかい？……ねえ……分るだろう……君にも分るだろう、今日の僕は気前の良い上機嫌なんだよ……おそらく、過ちをいち早く認めたのが、嬉しいんだろうね。そういうことがあると、いつだって気持が楽になるものだよ、イレーネ、いつだって……」

彼女は、この強調が何を意味するかを、察したと思った。われ知らず彼女は彼に歩みより、すでに告白の言葉が、胸のなかに湧きあがるのを感じていた。すると彼も進みでた。彼女をこれほどまでに目に見えて圧迫しているものを、急いで彼女の手から受けとりたがっている、とでもいうように。そのとき彼女は彼の視線に行きあたったが、そこには告白に対する欲情が宿っていたので、顔をそむけてしまった。徒労だ――と彼女は感じた――けっして自分には口にだして話すことはできないだろう。胸のなかで燃え、自分の安静を喰いやぶる、あの解放のひとことを。近くの雷鳴のように警告が轟いたが、しかし彼女には自分が嵐を逃れられないことが分っていた。そしてきわめて秘かな願望のうちに、彼女がそれまで怖れていたもの――露見という救済の稲妻――をはやくも憧れていた。

彼女が予感していたよりも早く、彼女の願望は満たされる気配らしかった。二週間ももう戦いが続いて、イレーネは自分が力つきたことを感じていた。これですでに四日間あの女は面会を求めてこなかったので、全くからだのなかにしみ通り血液と一つになってしまった不安のおかげで、彼女は玄関のベルが鳴るたびに、いつもやにわに立ちあがって、使用人たちの先をこし、万一あのゆすり女の伝言だったら自分でいち早く奪いとろうとした。このような支払いのたびごとに、彼女は一晩の安心、子供たちとの静かな数時間、一回の散歩を購ったのである。

またもや彼女はベルの鳴る音のために、部屋から外へ、そして玄関のところまで走らされた。

ドアを開いた彼女は、最初の瞬間には見なれない淑女を不審げに見つめていたが、次の瞬間、愕然として身を引きながら、新装をこらし上品な帽子を冠っているのは、あのゆすり女の憎らしい顔であると認めた。

「あら、あんたが自分で、ヴァーグナーの奥さん。ちょうど良かったわ。大事な話があるのよ。」そして、震える手でドアの握りに身を支えている驚愕した夫人の返事も待たずに、女はなかへ入り、傘を脇に置いた。けばけばしい赤い日傘で、明らかに彼女の恐喝的掠奪の最初の戦利品であった。女の動作には途方もない自信があって、まるで自分の住いにいるようだった。そしてさも満足そうに、いわば一種の安心感をもって立派な調度品を眺めながら、すすめられもしないのにどんどんと応接間の半ば開いたドアに向って進んでいった。「いいんでしょう、ここへ入って？」と、女はわざと抑制した嘲りで尋ねたが、驚愕した夫人があい変らずものも言えずにひき留めようとすると、安心させるようにこうつけ加えた。「用件はさっさと片づけてもいいのよ、もしもあんたが不愉快だったらね」

イレーネ夫人は返す言葉もなく、ついて行った。ゆすり女が自分自身の住いのなかにいるのだという思い——彼女の最も恐ろしい危惧にもまさるこの不逞——は、彼女の頭を麻痺させた。まるでこれらすべてのことを、夢に見ているような気がされた。

「綺麗な暮しなのね、とても綺麗な」と、見るからに快適そうに讃めながら、女は腰をおろした。

「ああ、いい坐り心地だ。それにあの沢山な絵。こうして見ると初めて、どんなに憐れな暮しをわれわれ風情がしてるか、よく分るわね。綺麗な暮し、とても綺麗な、ねえヴァーグナーの奥さん」

そのとき、この犯罪者が自分自身の部屋でこのように快適そうにしているのを見て、ついに憤慨がさいなまれた夫人のなかで爆発したのである。「何を一体、しろとおっしゃるんですの？あなたはゆすりよ！ うちのなかにまで、私を追いかけてくるなんて。でも私はあなたに、なぶり殺しにはされませんわ。私は……」

「そんなに大きな声でしゃべらないでよ」と、相手は侮辱的な親しみをこめて遮った。「ドアが開いてるんだから、使用人に聞えるわよ。もっとも、私は別にかまわないけどさ。私は何一つ否定しないわ、とんでもない。それに結局、刑務所に入ったって今よりも悪くはなりっこないわ、われわれ風情のやってるような汚らしい生活よりもね。でもあんたは、ヴァーグナーの奥さん、もう少し用心したほうがいいと思うよ。もしあんたがのぼせてしゃべる必要があるって言うんだったら、私は何よりも先にドアを閉めてあげたいね。でもすぐにつけ加えとくけど、どんなに罵ったって私はこたえないのよ」

イレーネ夫人の気力は一瞬間、怒りのために強められはしたものの、この女の強引さの前にふたたび無力に崩おれるのだった。子供が、どんな書取の問題が出されるのかを待つときのように、彼女は立ったままほとんど謙虚に、落着きをなくしていた。

「ところで、ヴァーグナーの奥さん、私は何も長々と面倒臭いことを言いたくないわ。私が暮しに困ってることは、知ってるわね。もう前にそう言ったからさ。そこで今私が要るのは、家賃のお金なのよ。もう大分長いこと借りてるの。それにまだほかにも入用があったんでね。私もそろそろ少しばかりきちんとしたいのよ。だからあんたのところへ来て、何とか助けて貰おうと思ったのさ——そうね、まあ四百クローネでね」

「私には無理ですわ」と、口ごもったイレーネ夫人は、自分がじっさいもはや現金では所持していないその金額に、はっと驚いていた。「私、今はほんとうに持っていませんの。三百クローネもあなたに、もう今月はさし上げましたわ。どこから一体、取ってくればいいんですの？」

「まあ、何とかなるわよ。ちょっと考えてみりゃいいのさ。あんたみたいな大金持の奥さんなら、お金なんか幾らでもほしいと思うだけ手に入るはずよ。でも、ほしいと思わなきゃお話にならないわね。だから、ちょっと考えてみりゃいいのさ、ヴァーグナーの奥さん。何とかなるわよ」

「でも私、ほんとうに持っていませんの。あなたにさし上げたいのは山々ですわ。でもそんなに沢山は、ほんとうに持っていませんの。幾らかさし上げることは、できるでしょうけど……たぶん百クローネなら……」

「四百クローネって言ったでしょう、私が要るのは。」不当な要求に侮辱されたように、女はすげなく言葉を投げつけた。

「だって、そんなに持っていませんわ」と、イレーネは絶望的に叫んだ。もしも今、夫が帰ってきたら——と、そのひまひまに彼女は考えていた——いつ何どき帰ってくるかもしれない。「誓いますわ、私はそんなに持っていません……」

「だったら、手に入れることをやってみるのよ。あんたなら借りられるわ」

「私には無理ですわ」

女は彼女を見つめた。上から下まで、まるで値ぶみでもするように。

「そうね……例えばその指環……それを質に入れたら、すぐに何とかなるわよ。私はもちろん装身具のことは、そんなによく分らないけどさ……一つも持ったことがないからね……でも四百クローネぐらいは、きっとそれで手に入るわよ……」

「この指環を」と、イレーネ夫人は叫び声をあげた。それは彼女のエンゲージリングで、彼女がけっして離したことのない、そしてひじょうに貴重で美しい宝石のために、高価なものだったのである。

「へえ、なぜ困るの？ 私が質札を送れば、あんたのいい時に卸せるわけよ。またとり返せるのよ。私が握ってるわけじゃないわ。一体私みたいな貧乏な女が、そんな上品な指環を持ってどうするのさ？」

「なぜ私を追いかけるんですの？　なぜ私を苦しめるんですの？　私には無理です……無理なんです。それくらい分ってくださらなくては……ご覧のとおり、私はできるだけのことをしましたわ。それくらい分ってくださらなくては。同情してください！」

「私のことは誰も同情してくれなかったわ。私はすんでのところで飢じさのあまり、くたばるような目にあわされたのよ。なぜその私が、こんなに金持の奥さんに同情しなきゃならないの？」

イレーネは烈しく言いかえそうと思った。そのとき耳に入ったのは——そして彼女の血の流れは止った——外でがたんとドアの閉まる音だった。夫が事務所から帰ってきたにちがいなかった。とっさに熟慮もせずに、彼女は指から指環を引きぬき、待ちかまえている女にさし出した。すると女は、それを急いで隠してしまった。

「不安がるには及ばないわよ。私はもう失礼するからさ」と、女はうなずきながら、名づけがたい恐怖と、控えの間——そこからは男の足音がはっきりと聞きとれた——に向って耳を澄ます姿とを、さも満足そうに眺めていた。やがて女はドアを開き、入ってくるイレーネの夫に挨拶して——彼は一瞬目を上げて女を見たが、特に気にする様子もなかった——そして姿を消した。

「ちょっと訊きたいことがあっていらした方なの」と、イレーネはドアが女の背後でがたんと閉まるやいなや、なけなしの力を振って説明した。最もたちの悪い一秒は、切りぬけられたわけである。夫は何も言いかえさずに、昼食の用意のすでに整っている食堂へ、落着いて入っていった。

イレーネにとってはまるで、ふだんは指環の冷たい輪に保護されている、自分の指のあの部分が熱風で焼かれ、そして誰もがこのむき出しの部分を、烙印のように注目しているといった気持だった。くり返し彼女は食事中に手を隠していたが、そうしながらも、夫の視線がたえず自分の手に向って走り、そのあらゆる彷徨を追いかけているという妙にたかぶった感情を嘲っていた。全力を振って彼の注意をそらせ、たえず問いかけることによって会話を滑らかに進行させようと努めた。次から次へと彼に向って、子供たちに向って、女家庭教師に向って話しかけ、くり返し苛々した小さな焔で会話をたきつけたが、しかしいつも息が続かず、そのたびに喉がつまってがっくりとなった。彼女は何とかして陽気に見えるように、そしてほかの連中をも浮き浮きと楽しい気分に誘うようにと、子供たちをからかい、互いにけしかけてみたが、子供たちは争いもせず、笑いもしなかった。きっと――そう彼女自身が感じとった――彼女の快活さのなかには、何か偽ったものがあって、それがほかの連中を無意識のうちになじませなかったのである。張りきれば張りきるほど、試みは成功しなかった。結局、彼女は疲れて黙ってしまった。

ほかの連中も黙っていた。彼女に聞えるのは、ただ皿のかすかに触れる音と、胸のなかで不安のつぶやく声だけであった。そのとき、急に夫が言った、「今日は一体どこに指環をしてるんだね？」

彼女は身をすくめた。胸のなかで何かが全く大声で叫んだ――もう終った！　しかしまだ、彼女の本能はさからっていた。今こそ全力を振るいおこす時だ、と彼女は感じた。せめてまだ一つの文章、一つの言葉のために。せめてまだ一つの嘘、最後の嘘を見つけるために。

「私……私、あれを磨きに出しましたの」

そしていわばこの虚偽に力を得て、こんどは決然とつけ加えた。「明後日、取ってきます。」明後日。今や彼女は縛られた。今や彼女は自分で期限をつけたのだ。そしていり乱れた不安のすべてに、今や急に或る新しい感情――決定がこんなに迫っていることを知った一種の幸福感――がしみ通った。胸のなかで何かがふくらんでいった。或る新しい力、生への力、そして死への力が。

翌日の午前に、彼女は自分の手紙類を焼きすて、いろいろ細かいことを整理したが、子供たちや、およそ自分が愛着を感じているすべてのものを見ることは、なるべく避けた。彼女は生活を今はただ、自分に快楽と誘惑でからみつき、自分の折角つけた決心を甲斐のない躊躇によってさらに鈍らせることから、遠ざけたいと願っていたのである。そのあとで、最後に運命に挑戦するために、あのゆすり女に出会うことを覚悟して、それどころか欲情して、もう一度通りに出ていった。彼女はふたたびせかせかと通りを歩きまわったが、もはやあのたかぶった緊張感はなかった。彼女のなかでは、すでに何かが疲れていたので、彼女は義務感からのように二時間も歩きに歩いた。どこにも、あの女を見かけることはできなかった。しかしその幻滅は、彼女をもはや苦しめはしなかった。ほとんどもはや出会うことを願わないほどに、力つきた自分を感じていたのである。彼女は人々の顔を穴のあくほど見つめたが、どれもこれもなじみのない、何だか死にたえたもののように思われた。これらすべては何かしらすでに遠い、失われたものであり、もはや彼女の所有ではなかった。

彼女はふと晩までの時間を数えてみて、それまでにはまだ何時間もあることに、そしてこの世からの訣別にはもともとごくわずかの時間しか必要ではないという不思議さに、はっと驚いた。あの世へ持ってゆくことができないと分っているとき、すべては何と無価値に見えることだろう。何だか睡気のようなものが、彼女を襲った。機械的に、彼女はふたたび通りを歩きつづけた。当てずっぽうに、考えることも、見ることもせずに。或る十字路で、馭者がぎりぎりの瞬間に馬を引きとめたが、すでに彼女の目には、車の梶棒が自分のすぐ前に突きでるのが見えた。馭者は口汚く罵った。彼女はほとんどふり返ることもしなかった。これは、助かったとも延びたとも言えることなのだ。偶然の事故が、自分の決心の手省きをしてくれたかもしれない。疲れたまま、彼女はどんどんと歩いていった。このように何も考えずに、ただうつらうつらと生の終末の暗い感情——そっと垂れこめてすべてを蔽う霧——を胸のなかで感じとるのは、気持のよいことだった。たまたま目を上げて、通りの名前を見ようとしたとき、彼女はぞっと身ぶるいした。混乱した彷徨をつづけるうちに、かつての恋人のアパートの、すぐ前まで来ていたのである。これは何かの徴候だろうか？　彼ならひょっとして、まだ自分を助けることができるかもしれない。なぜなら、彼はあの女の住所を知っているにちがいない。彼女は喜びのあまり、あわや震えそうになった。どうして、このことを考えつかなかったのだろう、こんな簡単きわまることを？　彼は今自分と、あの女のところへ出かけて行って、一刀両断にけりをつけてくれるにちがいない。あの女に強制して、この恐喝をやめさせてくれるにちがいない。ひょっとするとその上、一定の金額で充分に、女をこの都会から遠ざけられるかもしれない。遅ればせながら今になって彼女には、可哀そうな彼を最近あんなにひどく扱ったことが、残念に思われたが、しかし彼は自分を助けるだろう、彼女はそう確信していた。何と変な話だろう、この救いが今やっと——今この最後の時に——やって来るとは。

あわただしく彼女は階段を駆けのぼって、ベルを鳴らした。誰もドアを開かなかった。彼女は聴き耳をたてた。何だか用心深い足音が、ドアの向う側から聞えたような気がした。もう一度ベルを鳴らした。またしても沈黙。そして、またしても内側からかすかな物音。すると彼女の忍耐ははり裂けた。彼女は休みなく鳴らしつづけた。彼女の生命にかかわることであった。

ついに何かがドアの向う側で動き、錠ががちゃんと音をたて、細い隙間が開いた。「私よ」と、彼女はあわただしく早口で言った。

はっと驚いた様子で、彼はようやくドアを開いた。「君だった……あなたでしたか……奥様」と、口ごもった彼は、目に見えてうろたえていた。「僕は……すみません……僕は……知らなかったもので……あなたのお越しを……すみません、こんな恰好で。」そう言いながら、彼は自分のYシャツ姿を指さした。彼はシャツを半ばはだけて、カラーをつけていなかった。

「あなたに折入ってお話ししなくてはならないのよ……あなたは私を助けてくださらなくてはいけないわ」と、彼女は彼が自分をあい変らず廊下に、乞食女のように立たせているので、苛々して言った。「私をなかへ入れて、一分間話しを聞いてくださらない？」と、彼女は腹立たしそうにつけ加えた。

「どうも」と、彼はうろたえて脇に眼を走らせながらつぶやいた、「僕はちょっと今……僕はほんとうに都合が……」

「話しを聞いてくださらなくては。あなたの責任なんですもの。あなたには、私を助ける義務があってよ……私に指環をとり返してくださらなくてはいけないわ。そうしなくてはいけないのよ。でなかったら、せめて住所を教えて頂戴……あの女はいつも私を追いかけていたのに、今はどこかへ行ってしまったの……あなたはそうしなくてはいけないのよ、ねえ、そうしなくては」

彼は彼女をにらんでいた。今やっと彼女は、自分が全く関連のない言葉を、喘ぎながら列べていることに気づいた。

「ああそう……ご存知なかったのね……それじゃ……あなたの恋人が――あの昔のよ――あの女が、あのとき私があなたのところから出てゆくのを見ていて、それ以来私を追いかけては、ゆするのよ……私を死ぬほど責めさいなんで……こんどは指環を取っていったけど、あれを私は持っていなくてはならないのよ。今晩までに持っていなくては――私、そう言ったの――今晩までに……だから私を助けて、あの女を叱ってくださらない?」

「でも……でも僕には……」

「くださるの、くださらないの?」

「でも僕には全然分りませんね、誰のことを言ってるのか。僕は一度もゆすり女なんかと関係したことはないですよ。」彼はほとんど乱暴に言った。

「そう……あの女をご存知ないのね。あの女の言ってることは、出まかせなのね。そして、あの女はあなたの名前や私の住所を知ってるのね。おおかた、あの女がゆするというのも、ほんとうじゃないんだわ。おおかた、私はただ夢をみているだけなんだわ」

彼女はかん高く笑った。彼は気持が悪くなった。一瞬彼の心のなかを、彼女は気が狂ったのかもしれないという考えが通りすぎるほど、彼女の眼はきらきらと光っていた。彼女の挙動は錯乱していて、言葉は意味を持っていなかった。不安げに、彼はあたりを見廻した。

「どうか落着いてください……奥様……僕は断言しますが、あなたの思い違いですよ。全く論外です、それはきっと……いや、僕は自分でもわけが分りませんね。僕はそんな種類の女性を知ってはいません……僕は断言しますが、きっと間違いで……」

「じゃ、私を助けてくださらないのね？」

「いや、もちろん……もし僕にできることなら」

「だったら……来て頂戴。いっしょにあの女のところへ行って……」

「誰の……一体誰のところへ？」彼女にいよいよ腕をつかまれた彼はまたしても、彼女は気が狂ったという恐怖を感じるのだった。

「あの女のところよ……来てくださるの、それともくださらないの？」

「いや、も……もちろん」――彼女は精神錯乱ではないかという彼の疑惑は、彼女が彼に迫るその烈しい欲情のために、ますます強められた――「も……もちろん……」

「なら、来て頂戴……私の生死にかかわることなのよ！」

彼は自制して、微笑をもらさないようにした。そのあとで急に、とりすました表情になった。

「すみませんが、奥様……目下のところそうできないんです……ピアノの授業をしているんです……今やめるわけにはゆかないんで……」

「そう……そうなの……」と、彼女はかん高く、まともに彼に向って笑った、「ピアノの授業をしてらっしゃるのね……Yシャツのままで……あなたの嘘つき。」そしてとつぜん或る思いつきにとらえられて、前に向って駆けだした。彼は彼女を引きとめようとした。「じゃ、ここにいるのね、あのたかり女は、あなたのところに？　つまりあんた方は、いっしょにお芝居をしてるんだわ。おおかた、二人で山分けするんでしょう、私からせしめたものをみんな。でも私は、あの女をひっ捕えてやるわ。今はもう、不安なことは何もないのよ。」彼女は大声で叫んだ。彼は彼女を押しとめたが、彼女はもみ合い、振りほどいて、寝室のドアをめがけて転がるように進んでいった。

人影がはっと退いた。明らかにドアのそばで、耳を澄ませていたのだ。イレーネは茫然として、見たこともない婦人がややとり乱した恰好でいるのを、にらみつけたが、相手は顔をあわててそむけた。恋人はうしろからとび掛って、気が狂ったと思われるイレーネをとって抑え、不幸を未然に防ごうとしたが、すでに彼女はふたたび部屋のそとへ退いていた。「すみません」と、彼女はつぶやいた。すっかり頭がいり乱れていた。もう全くわけが分らず、ただ嫌悪だけを感じていた。限りない嫌悪と疲労とを。

「すみません」と、落着きなく自分のあとを見送っている彼を見たとき、彼女はもう一度言った。「明日……明日になったら、何もかもお分りになりますわ……つまり、私は……私は自分でももう、わけが分らないんですの。」他人に言うように、彼女は彼に語った。自分がかつてこの男のものであったことを、彼女に思いださせる何ものもなく、彼女はほとんど自分のからださえも感じとっていなかった。すべてが今では、以前よりもはるかにいり乱れていた。彼女に分るのはただ、どこかに嘘があるにちがいない、ということだけであった。しかし、これ以上考えるには、疲れきっていたし、ものごとを見きわめるには、疲れすぎていた。眼を閉じて彼女は、断頭台に向う処刑者のように、階段を降りていった。

外へ出てみると、通りは暗かった。ひょっとすると——と彼女の心のなかをかすめた——あの女刑吏が今、あの向うで待ちかまえているかもしれない。ひょっとすると今、最後の瞬間に、まだ救いがやって来るかもしれない。彼女は両手を組んで、忘れていた神に祈らざるをえないような気持になった。ああ、せめてもう二三ヵ月、夏までの二三ヵ月を購うことができたら。そしてあの避暑地で平和に、あのゆすり女の手の届かぬところで、草原や田畑のあいだで、せめてひと夏を過すことができたら。貪るように彼女は、もう暗くなった通りを窺った。向うの、どこかの建物の入口に、人影が待ちぶせているのが見えたように思ったが、いよいよ彼女が近よると、土間の奥のほうへ姿を消した。一瞬間、彼女は夫と似た点を発見したと思った。彼女は今日これで二度、彼と彼の視線を通りでとつぜん感じとるという不安に、襲われたのである。彼女は確めようとして、先へ進むのをためらった。だが人影は、もう消えてしまっていた。落着なく、彼女はどんどんと歩いていった。変に緊張した感情を首筋に感じて、まるでうしろから燃える視線を向けられているようだった。一度、彼女はさらにふり返った。しかしそのときは、誰の姿ももう見えなかった。

薬局は、遠くはなかった。かすかな身ぶるいとともに、彼女は入っていった。助手が処方箋を受けとり、調剤にとりかかった。すべてを彼女は、この一分間のうちに見た——磨かれた天秤、可愛らしい分銅、小さなレッテル、そして上の棚に列んだ精製品の異様なラテン名——その綴りをすべて、彼女は無意識のうちに視線でたどるのだった。彼女は時計の音を聞き、独特な匂い、薬品のあの脂っこく甘ったるい臭気を感じとった。そして急に思いだした。子供のとき、彼女はこの臭気と、沢山の磨かれた皿の異様な眺めとを愛していたので、母親にいつも頼んで、薬局の買い物を自分にさせて貰ったものである。すると彼女はとつぜん、母親に別れを告げるのを怠っていたことに気づき、可哀そうなあの婦人のことが、ひどく気の毒になってきた。どんなに母が驚くことだろう、と彼女は考えて愕然となったが、そのときすでに助手が、胴のふくらんだ容器から明るい滴を、青い小瓶のなかに数えながら垂らしていた。じっと彼女は、死がこの容器から小さな容器に移るのを——そこからやがて、彼女の血管に注ぎこむはずである——見まもっていた。すると一種の寒気が、彼女の手足を流れた。感覚を失ない、一種の催眠状態に陥って、彼女は助手の指をじっと見ていたが、その指はまず、一杯になった瓶に栓を押しこみ、次に紙をこの危険な丸みに貼りつけるのだった。彼女のあらゆる感覚を、身の毛もよだつ考えが縛り痺れさせてしまった。

「二クローネ戴きます」と、助手が言った。彼女は凝固から覚めて、なじみのなさそうな眼であたりを見廻した。それから機械的に財布に手をつっこみ、金をとり出した。まだ彼女のなかのすべては、夢見心地だった。銀貨を見つめながらも、すぐにそれとは見わけがつかず、われ知らず勘定に手間どったのである。

この瞬間、彼女は自分の腕が烈しく脇へ押しのけられるのを感じ、金がガラス皿の上に落ちる音を聞いた。一本の手が彼女のそばに伸びて、小瓶をつかもうとした。

われ知らず彼女はふり返った。するとに、彼女の視線はこわばった。夫が立っていて、固く唇を結んでいたのである。彼の顔は蒼ざめて、額にはべったりと汗が光っていた。

彼女は気を失いそうになるのを感じ、勘定台にしがみつかねばならなかった。とっさに彼女は、さっき建物の入口で待ちぶせていたのは夫だった、ということを理解した。彼女のなかの何ものかが、彼をすでにあそこで予感のうちに認めていたのだが、それがこの同じ一秒間に、いり乱れて思いだされたのである。

「おいで」と、彼は喉につかえたおぼろな声で言った。彼女は彼をじっと見つめ、やがて彼女の意識の、全く朦朧と遼遠な世界のなかで不審に思いながら、彼の言葉に従った。そして彼女は、自分でもそれを感じることなしに、歩みをともにするのだった。

二人は並んで、通りの向う側へ歩いていった。どちらも相手に視線を向けなかった。彼は小瓶を、あい変らず手に握っていた。一度、彼は立ちどまって、汗に濡れた額をぬぐった。われ知らず彼女も、歩みを鈍らせた。だが彼女はあえて、そちらに視線を向けることをしなかった。どちらもひとことも話さず、通りの騒音が二人のあいだに波打っていた。

階段のところで、彼は彼女を先に行かせた。そして、彼がそばを歩かなくなるとすぐに、彼女の歩みはふらつき始めた。彼女は立ちどまって、からだを静止させた。すると彼が腕を支えた。彼に触られると、彼女は縮みあがって、最後の数段を前よりも早く駆けのぼった。

彼女は部屋に入った。彼もついて来た。壁はほの暗く光っていて、ほとんどものを見わけることができなかった。あい変らず、二人はひとことも話さなかった。彼は包装の紙をひき裂き、小瓶の栓をぬき、中味を外にあけてしまった。それから小瓶を、烈しく片隅へほうり投げた。彼女はそのかちゃんという音に、身をすくめた。

二人は黙りつづけていた。彼女は、彼が自制しているのを感じた。そちらを見ないでも、感じたのである。ついに彼は彼女のほうに歩みよった。近くへ、そして今や全く近くへ。彼女は彼の重苦しい呼吸を感じとることができたし、そのこわばった、暈をかぶったような眼差しによって、彼の眼の輝きがきらきらと光りながら部屋の暗がりのなかから近よるのを見ていた。そして早くも、彼の怒りの爆発が聞えてくるのを待ちうけ、身ぶるいにこわばりながら、彼の固い手つきが自分をつかまえるのを怖れていた。イレーネの心臓は停止し、ただ神経だけがぴんと張られた絃のように顫動していた。すべてが懲戒を待ちうけ、彼女はほとんど彼の怒りを憧れてさえもいた。だが、彼はあい変らず黙っていた。そして、限りなくびっくりしながら彼女は、彼の接近が穏なものであることに感づいたのである。「イレーネ」と彼は言ったが、その声の響きは妙に柔かかった。「いつまで僕たちはまだ、苦しめあわなくてはならないんだろうね?」

そのとき、彼女のなかから爆発した——とつぜん、発作的に、ものすごい勢いで、ただ一つの無意味で動物的な絶叫のように、ついに迸りでたのである——この数週間ずっと蓄えられ、圧さえられていたすすり泣きが。怒りの手が彼女を内側からつかみ、暴力的に揺すぶっているように見えた。彼女は酩酊した人のようによろめき、もし彼が抑えつけていなかったら、倒れただろうと思われた。

「イレーネ」と、彼はなだめた。「イレーネ、イレーネ」と、しだいに小声で、しだいに気を鎮めるように名前を呼びながら、まるで痙攣した神経の絶望的な昂揚を、しだいに情愛をこめて言葉を響かせることによって、和らげうるとでもいうふうだった。しかし、ただすすり泣きばかりが彼に答えた。荒々しく突きあげる苦痛の大波、それは全身をくまなくゆり動かしていた。彼はぴくぴくと震えるからだを、ソファーまでつれて——というよりは運んで——ゆき、横に寝かせた。だが、すすり泣きはおさまらなかった。電気に打たれたように、嗚咽の発作が手足を揺すぶり、身ぶるいと寒気の波が、責めさいなまれた肉体に溢れていた。数週間このかたもうこれ以上堪えられないほど張りつめていた神経は、今や引きさかれ、何の束縛もなく苦悶が、感じを失った肉体を荒らしていたのである。

彼は極度に興奮して、身ぶるいに襲われた彼女のからだを抱き、冷たい両手を握り、始めはなだめるように、やがては荒々しく、不安と情熱に駆られて彼女の服や首筋に接吻したが、しかしぴくぴくとした震えがたえず亀裂のように、うずくまったからだの上を走り、内側からは、ついに束縛を解かれて沸騰したすすり泣きの波が、逆まいていた。彼は顔に触ってみた——それは冷たくて、涙にひたされていた——そしてこめかみの血管が、鼓動を打っているのを感じとった。言いようもない不安が、彼を襲った。彼は膝をついて、彼女の顔にもっと近くから話しかけようとした。

「イレーネ」と、くり返し彼女に手をかけて言った、「なぜ泣くんだね……今は……今は、何もかもすんでしまったんだよ……なぜまだ苦しんでるんだね……もう不安がるには及ばないんだよ……あの女はもうけっして来やしないよ、もうけっして……」

彼女のからだがまたぴくっと震えたが、彼は両手で抑えつけた。くり返し彼は彼女に接吻し、いり乱れた謝罪の言葉を口ごもるのだった。

「本当だよ……もうけっして……僕は君に誓うよ……僕はまさか君がこんなに驚くだろうとは、

予想もできなかったんだ……ただ君を呼びたかった……君の義務に呼びもどしたかった……ただあの男と手を切ってもらいたくて……永久に……そして僕たちのところへ戻って……偶然あのことを人から聞いたとき、僕にはほかに選ぶ道がなかったんだよ……自分で君に言うことはできなかった……僕は考えていた……いつも考えていたんだ、君がきっと帰ってくれるだろうって……だから、僕はあの女を使ったんだ。気の毒なあの女に、君に圧力をかけてくれと言って……あの人には気の毒なことをしたよ。女優で、首になった人だけどね……もちろん加勢するのをいやがっていたが、僕がそうしてくれと言ったんだ……間違いだったということが、今になって分った……でも、僕は君をつれ戻したかったんだ……君にいつも見せていたはずだよ、僕には君を迎える気持がある……僕は赦すことしか思っていないってことを。しかし君には僕の気持が理解できなかった……それにしても、こんなに……こんなにまで、君に圧力をかけるつもりはなかった……僕のほうが悩んだよ、何から何まで見ていてね……君の一挙一動を僕は観察していた……ただ子供たちのために。ね、そうだろう、子供たちのためを思えばこそ、僕は君を強制しなくてはならなかった……でも今は、何もかもすんでしまったんだよ……これで何もかもまた良くなるだろう……」

彼女の耳には、近くで響いているこの言葉も、おぼろに無限の遠くから聞えてきて、やはりよく理解できなかった。或る陶酔が彼女のなかで波打ち、すべての物音を圧倒した。どんな感情もそのなかでは消えてしまう、感覚の騒乱であった。彼女は自分の肌に触るものを感じた。接吻や、愛撫や、今はもう冷たくなってゆく自分の涙を。しかし彼女のなかの血は、響き――おぼろな、どよめく轟き――に充ちていて、それがもの狂わしい鐘のように、すごい勢でふくれ上り、唸りだすのだった。それから、彼女の正気はすべて消えさった。この失神状態からうつらうつらと目覚めながら、彼女は自分が服を脱がされるのを感じ、幾重もの雲を通したように、夫のやさしい心配そうな顔を見た。それから、彼女は暗がりの奥底へと落ちていった。長らく得られなかった、夢もない、黒い眠りのなかへ。

彼女が翌朝、眼を開いたとき、すでに部屋のなかは明るかった。そして明るさを、彼女は自分のなかにも感じとった。雲が晴れて、自分の血が嵐によって浄められたあとのような気がした。彼女は自分の身に起ったことを思いおこそうと試みたけれども、すべてがまだ夢のように思われた。この夢うつつの心地は、ちょうど睡眠中に部屋から部屋をふらふらと歩くときのように、現実ばなれした、軽やかな、解放された感じのものだった。そして覚めた体験の現実性を確めるために、彼女は自分の両手を吟味しながら触ってみた。

とつぜん、彼女は縮みあがった。自分の指に、あの指環が光っていたのである。急に彼女は、すっかり目覚めてしまった。半ば失神状態のうちに聞いたあのいり乱れた言葉や、予感にみちたもやもやした感情が今とつぜんからみ合って、明瞭な関連となった。すべてを、彼女はとっさに理解した——夫の問い、恋人の驚き——すべての編み目がほぐされ、彼女は自分が巻きこまれていた怖ろしい網を見た。憤懣と羞恥が彼女を襲い、ふたたび神経が震え始めた。そして彼女は、あの夢もなく不安もない眠りから目覚めたことを、ほとんど後悔するのであった。

そのとき、笑い声が隣りから響いてきた。子供たちが起きだして、囀る鳥たちのように、若々しい一日に向ってはしゃいでいたのである。はっきりと、彼女は男の子の声を聞きわけたが、それがどんなに父親の声と似ているかに、初めて感づいてびっくりした。かすかな微笑が彼女の唇をかすめ、そこで静かに休らった。彼女は眼を閉じて横になったまま、自分の生活であり、今は自分の幸福でもあるこれらすべてのものを、もっと深く味わいたいと思った。彼女のなかでは、まだかすかに何かが痛んでいたけれども、それは回復を約束する痛みであり、かっかと燃えたってはいても、ちょうど傷口が永久に癒着する前にずきずきするようなものであった。

一九二〇年 [内垣啓一訳]

チェスの話

夜の十二時にブエノス・アイレスにむかってニューヨークを発つ予定の大客船の上では、出帆間際の例の忙しさで上を下への騒ぎだった。土地の連中が友人たちを見送りにひしめきよせる、帽子をななめにかぶった電報配達のボーイたちは名を呼びながら広間から広間へ駈けまわる、行李や花束が持ちこまれて来る、子供たちは好奇心に溢れて階段を駈け昇り駈け降りる、その間もオーケストラは平然としてデッキショーのため演奏をつづけているのだった。私はプロムナード・デッキの雑沓からちょっと離れて知人と話をしていたが、そのとき私たちのわきで二つ三つフラッシュがどぎつく閃いた——見受けるところ誰か著名な人物がいて、出帆直前にあわただしく新聞記者会見をし、写真をとられているらしい。私の友人はそちらへ目をやって微笑した。「あなたはめずらしい奴と乗合せましたね、チェントヴィッツですよ。」そして、私が彼の教えてくれたことに対して少々納得の行かない顔をしていたからにちがいない、彼は説明的にこうつけくわえた。「ミルコ・チェントヴィッツです、チェスの世界チャンピオンの。東部から西部へとアメリカ全国を試合行脚して歩いて、こんどはアルジェンチンへ行って新しい勝利を得て来ようというのですよ」

そう言われてみて私はこの若い世界チャンピオンのこと、それのみか彼の目覚しい成功に関連するいくつかの事実を思い出した。私の友人は私より熱心に新聞を読む人だったので、いろいろの逸話をならべたてて私の記憶をおぎなってくれた。およそ一年ほど前からチェントヴィッツは、アリェーキン、カパブランカ、タルタコーヴァー、ラスカー、ボゴリューボフのような最も有名なチェスの老大家たちと一躍同列に伍するようになっていた。一九二二年のニューヨークのトーナメントでルゼセフスキーという七歳の神童が登場して以来、名声あるチェス人の社会にまったく無名の人間が突然あらわれてこれほど人々の視聴をあつめたことは嘗てなかったのである。というのは、チェントヴィッツの知的性格は初めからこのようなすばらしい成功を予言するもののようには絶対に見えなかったからだ。このチェスの名手がその私生活では、どの国語でであれ綴りの誤りをおかさずに一つの文章をも書き得ないとか、彼に腹を立てた同業者が「彼の無教養たるやまことにありとあらゆる領域にわたっている」と嘲笑したとかいう噂がやがて洩れて来た。彼の父親は赤貧のユーゴスラヴィア人のドナウ河の船頭で、或る晩そのちっぽけな小舟は穀物運送の蒸気船のためにくつがえされた。当時十二歳だった彼は父の死後遠くの司祭に同情されて引取られたが、この善良な神父は額が広くて口の重い鈍感な子供が村の学校でおぼえることができなかったものを家で教えこませてやろうと誠実に努力した。

しかしあらゆる努力も結局無駄だった。ミルコはもう百回も説明してもらった文字でもただぼんやりとみつめているだけだった。どんな単純な学科でも彼の動きの鈍い頭脳には全然受けつけられなかった。勘定しなければならないとなると、十四歳にもなってまだ指を使わねばならなかったし、本なり新聞なりを読むということは、すでに半ばおとなになっているこの少年にとって今なお特別の努力を必要とすることだったのだ。しかも、決してその場合ミルコがいやいや読んでいるとか反抗的だとかは言えなかった。彼は命ぜられたことは何でも従順にやり、水も汲めば薪も割ったし、畑仕事の手伝いも台所の掃除もし、人から求められたことは何でも、腹立たしいほどのろくさくはあったが誠実にやってのけたのである。それにしても一番この善良な司祭の気に障ったのは、この変り者の少年が何事についても無関心なことだった。特にそうしろと言われなければ何もしなかったし、決して質問をすることもない、ほかの子供たちと遊びもしなければ、誰かからはっきりとそういいつけられないかぎり自分から仕事をさがそうともしない。家の仕事をかたづけてしまうと部屋のどこかにどっかりと坐りこんでしまって、あの牧場の羊のようなうつろな目つきのまま、周囲の出来事にはこれっぽかりも関心を示さないのである。司祭が夕方長い百姓風のパイプをくゆらしながら憲兵隊の曹長を相手におきまりのチェスの三番勝負をやっていると、ばらばらの金髪をした少年は黙然とそのかたわらにうずくまり、重たげな瞼の下の一見睡たげな無関心そうな目で格子のついた盤面をみつめているのであった。

或る冬の夕方、二人が毎日の勝負に夢中になっていたとき、ますます速度を上げてこちらへ近づいて来る橇の鈴の音が村道から聞えて来た。雪のふりかかった鳥打帽をかぶった一人の百姓があわただしくどかどかとはいって来て、老母が臨終だから、手遅れにならぬうちに終油の秘蹟にあずからせるため司祭さんに急いで来ていただきたいと言った。躊躇なく司祭は彼と一緒に行った。憲兵曹長はまだ自分のビールを飲み終っていなかったので、辞去する前にもう一度パイプに火をつけ、やおら重い長靴を履こうとしていたとき、ミルコの視線が勝負半ばの将棋盤の上に食い入るように注がれているのに気がついた。

「おや、おまえはこの勝負のかたをつけようというのかい？」と彼はふざけて言った。この睡たげな若者がたった一つの駒でも盤の上でまともに動かすことなどできないものとてんで決めてかかっていたのだ。少年はおずおずと目を上げ、それからうなずいて司祭のいた席に坐った。十四手ほど指すうちに〔チェスでは先手後手一組で一手と数えるから日本流に言うと二十八手である。以下同じ〕憲兵曹長は打負かされ、しかもこの敗北は決して自分がついうっかりとどこかで指し間違えたためのものではないと認めざるを得なかった。

「まるでバラムの驢馬だね！」と司祭は帰って来ると驚いて叫んだ。そして聖書にあまり通じていない憲兵曹長にむかって、口の利けない生物が突然叡智の言葉を発したという、これと似たような奇蹟がすでに二千年も前に起ったことを説明した〔バラムはメソポタミアの預言者。この驢馬の逸話は民数紀略二十二章十三節以下にある〕。もう遅くなっていたにかかわらず神父は、ほとんど文盲のこの自分の弟子に挑戦してみずにはいられなかった。ミルコはやすやすと彼をも打破った。彼の指し方はしぶとく、のろくさく、おちつきはらっていて、盤の上にかしげた広い額をただの一度も上げなかった。しかし否定しようのない確実さで彼は指した。それから何日かのあいだ曹長も司祭も彼と勝負して一度も勝つことができなかった。自分の教え子がほかの点でどれほど遅れているかを誰よりもよく判定することのできた司祭は、こうなるとこのかたよった特殊な才能がどの程度まで厳しい試験に堪え得るかを本気で知りたくなった。すこしは見ばえがするように村の床屋でぼうぼうの麦藁色の髪を刈らせてから、司祭は彼を橇にのせて小さな隣りの町へ連れて行った。そこの中央広場のカフェの一隅にチェス気ちがいどもが集まっているのを彼は知っていたが、彼自身この連中にはこれまでのところ歯が立たなかったのだ。司祭が、麦藁色の髪と赤い頬っぺたをして裏返しにした羊の毛皮を身にまとい、重い大きな長靴を履いた十五歳の少年を前に立ててカフェにはいって来ると、一座の人々は少からず驚いた。場馴れしない若者はおずおずと目を伏せたまま、チェスのテーブルの一つに呼ばれるまで片隅に突っ立っていた。最初の一番はミルコが負けた。いわゆる〈シチリア式初手〉なる定跡を司祭の家では一度も見たことがなかったからだ。だが二番目にはもう一番上手な男を相手にして無勝負になった。三番目と四番目から一人残らず相手を順々に打負かしてしまった。

かくてユーゴスラヴィアの或る小さな地方都市でおよそこの上もなくセンセーショナルな事件が起るのである。とにかくこうして村のチャンピオンの初登場はそこに集まった名士連にとってたちまち大評判になった。衆議一決して、チェス・クラブのほかの会員たちを召集し、そして特にチェス気ちがいのシムチッツ老伯爵のお城にも知らせることができるように、何としてもこの神童を翌日まで町に引留めておかねばならぬということになった。司祭は今までにない誇りをもって自分の保護している子供を眺めたが、掘出し物をした喜びにかまけて日曜の勤行の義務をおろそかにする気はなかったので、ミルコの腕前がさらに試されるようにここへ置いて行ってもいいと言明した。チェントヴィッツ少年はチェス・クラブの金でホテルに泊められ、その夜はじめて水洗便所というものを見た。明けて日曜の午後はチェスの部屋は立錐の余地もなかった。ミルコは身動きもせず四時間も盤の前に坐ったまま、一言も発せず、目を上げることさえせずに、次々に相手を打破った。しまいに同時試合が提案された。同時試合のときは彼一人で何人もを相手に闘わねばならぬのだということをこの無知蒙昧な男に納得させるには少々手間がかかった。しかしミルコはこの遣方を納得するや否やたちまちその課題を引受けて、重い靴を軋ませながらのろのろ机から机へと歩きまわり、結局八回のうち七回まで勝ってしまった。

そこで大論判がはじまった。この新しいチャンピオンは厳密に言って町の人間ではなかったにかかわらず、郷土愛の精神がさかんにかきたてられてしまった。これまで地図の上でその存在もほとんど知られることのなかった小都市が、有名人を世界へ送り出すという名誉を今度はじめて獲得できるかもしれない。普通は兵営のある町のカバレに歌姫や女性歌手を紹介しているだけのコラーという仲介業者が、一年間手当を出してくれさえすれば、若者をヴィーンへ連れて行って自分の知合いのすばらしい隠れた名人の手で専門的にその道に仕込ませてやってもいいと申出た。七十年間毎日チェスをやりながら一度もこれほど驚くべき相手にぶつかったことのなかったシムチッツ伯爵はただちに小切手を書いた。船頭の息子の驚くべき閲歴はこの日から始まったのである。

半年もするとミルコはチェスのあらゆる奥義を完全に自分のものにしてしまった。勿論のちになってその道の仲間うちでよく知られ、さかんに嘲笑されたような、ちょっと類のない一面性はあったが――。というのは、チェントヴィッツは何としても、盤無しでは――あるいは専門の言葉で言うと〈目かくし〉では、ただの一番も勝負することができなかったのだ。何の限定もない想像上の空間に盤面を思い描く能力は彼には全然欠けていた。彼はいつも白黒の六十四の升目と三十二の駒を現実に目の前に置いておかねばならなかったのだ。全世界に名を馳せた時代ですら、選手権試合を再現したり自分で何かの問題を解いたりしようとする際局面を目のあたり見られるように、彼は折畳式将棋盤をいつも携行していた。それ自体として取るに足らないこの欠陥は想像力の欠如を語っており、たとえば音楽界で、傑出した名演奏家や指揮者が楽譜を開いてでなければ演奏も指揮もできないとわかった場合と同じように、限られたサークルのなかで活潑な議論の的となった。けれどもこの奇妙な癖などはミルコの驚くべき上達をいささかも妨げなかった。十七歳ですでに彼は一ダースあまりの賞を獲得し、十八歳でハンガリア選手権を、二十歳で遂に世界選手権を贏《か》ち得たのであった。それぞれその知的才能や想像力や大胆さではるかに彼にたちまさった最も果敢なチャンピオンたちですらも、すべて彼の強靱冷徹な論理には敵し得なかった。それはあたかも鈍重なクトゥーゾフ〔ロシアの名将、ナポレオンの遠征軍をボロディノで迎え撃った〕に対するナポレオン、またリヴィウス〔古代ローマの歴史家〕の伝えるところによると、これまた少年時代には粘液質と魯鈍さの同じように顕著な特徴をあらわしていたというファビウス・クンクタートル〔ローマの執政、カルタゴの名将ハンニバルの来寇を阻止した。クンクタートルとは「ぐずぐずする人間」という意味の綽名である〕に対するハンニバルのごときものであった。こうして、知的に優れたさまざまのタイプの人々——哲学者や数学者、計数の力や想像力や、往々にして創造力にも恵まれた性格の人々——の連なるチェス選手権保持者の赫々たる殿堂に、精神の世界とは完全に無縁な人間、いかに老獪な新聞記者といえども記事に使えるような言葉を一言だけでも引出すことのできないような鈍重で口無精《くちぶしょう》な百姓の小僧がはじめて闖入するという事態が起ったのだ。無論チェントヴィッツは洗練された名文句を新聞紙面に提供しなかったかわりに、その奇行の逸話によって間もなく充分埋合せをつけた。というのは、将棋盤にむかっているときは無双の名人であるチェントヴィッツも、そこから立上るや否やグロテスクな、ほとんど滑稽な人物になりはててしまうからだ。いくら儀式ばった黒服を着、少々目立ちすぎる真珠のピンを挿した派手派手しいネクタイをしめ、指は丹念にマニキュアをほどこしていても、その態度物腰は村で司祭の部屋を掃除していた無知な百姓小僧以外のものではなかったのだ。無器用に、しかもあつかましいまで無作法に、せせこましい、時には下品なまでの貪欲さをもって、彼は自分の才能と名声とからできるかぎり金を引出そうとし、同業者たちをあるいは喜ばせあるいは怒らせた。いつも一番安いホテルに泊って町から町へと歩きまわり、彼の言値の謝礼を払うかぎりどんなちゃちなクラブでも試合し、石鹼の広告に自分の写真を貸し、彼が正確な文章を三つとつづけて書けないことをよく知っている同業者たちの嘲笑など意に介さずに、金を取って『チェスの哲学』という本に自分の名を貸してやりさえしたが、この本は実は名も知れぬ或るガリチア人の大学生が商売上手な出版屋のために書いたものだったのだ。すべてのがめつい人間の例に洩れず彼にも滑稽さについての感覚がなかった。世界選手権大会に優勝して以来彼は自分が世界で一番重要な人間であると思っており、絢爛たる弁舌や文才をそなえたこれらすべての聡明な知的な人々を彼ら自身の専門領域で打破ったという意識、そしてなかんずく、自分がこれらの人々以上に金を稼いでいるという事実が、彼の生れつきの自信のなさを冷ややかな思い上りに変え、しかもたいていの場合この思い上りはむきつけにさらけ出されていた。

「しかしあれほど急速に名声を得たら、あれほど頭のからっぽな人間がのぼせ上ってしまうのも当然じゃありませんか」と、チェントヴィッツの子供っぽい傲慢不遜さの典型的な実例を二三話してくれたあげく友人は結論した。「バナート〔ハンガリア南部やクロアチアのバン（地方大守）の管轄区域〕出身の二十一歳の百姓の小僧が木の板の上に駒をちょっとあちこちへ動かすだけで、故郷の村の住民全体が木樵や困難きわまる労働によって稼ぐ一年分の収入以上のものを急に一週間のうちに儲けるとなったら、自惚に酔ってしまうのも当然じゃありませんか。しかもその上、レンブラントとかベートーヴェンとかダンテとかナポレオンとかいう偉人が嘗て存在したなどということをこれっぱかりも考える必要がないとなれば、自分こそ偉人だと思いこむことなどは実際わけもないことじゃないでしょうか。この若者の何も受けつけない頭脳のなかにあるのはただ一つ、もう数ヵ月も前から一度も試合に負けたことはないということだけなのです。そしてチェスと金銭のほかにこの世に何かの価値があるなどとはまったく思ってもみませんから、あの男としては自分ほど偉いものはないとのぼせてしまう理由は充分あるわけなんですよ」

　友人のこういった話は私の特別の好奇心をかきたてずにはおかなかった。あらゆる種類のモノマニア的な、ただ一つの観念に凝り固まってしまった人間は、これまでずっと私の興味をそそって来た。人間は限定されればされるほど一方では無限のものに近づくからである。まさにそのような、一見世界から孤絶しているように見える人間こそ、その特殊な材料をもって白蟻のように一つの驚くべき、しかもまったく比類のない小世界を築き上げるのだ。そこで私は、一方にのみ偏した智力のこの風変りな見本をリオまでの十二日間の航海のあいだに一層精しく観察研究してみたいという気持を全然匿そうとしなかった。

けれども、「どうもそいつはあまり成功しそうもありませんな」と友人は警告した。「私の知るかぎりでは、チェントヴィッツからこれっぱかりでも心理学の素材を引出すのに成功したものはまだ一人もいません。ああいう底の知れぬほどの無知蒙昧さのかげに、この狡猾な土百姓は決して自分の正体をつかませないという非常な抜目なさをもそなえているのですよ、それもごく簡単な遺方でね。つまりあの男は小さな旅籠で見つける自分と同じ階層の自分の同国人以外のものとは話すことを避けるのです。教養ある人間の匂がしたらあの男はすぐ自分の蝸牛の殻のなかにとじこもってしまいます。ですから誰一人として、あいつの口から馬鹿な言葉を聞いたとか、あるいは底知れぬものだというあの男の無教養の程を見きわめたと自慢できるものはいないのですよ」

私の友人の言ったことは実際正しかったとその後わかった。航海の最初の数日のあいだに、所詮私の柄に合わない無躾な押しつけがましさをもってしなければチェントヴィッツに近づくことは全然不可能だということがあきらかになった。時々彼もプロムナード・デッキを歩きはしたが、そういうときにはいつも例の有名な絵にあるナポレオンのように両手を背中で組合せて、傲然として自分だけの考えに耽っているようなあの態度を崩さないのである。その上彼はいつも、話しかけようとすれば大急ぎでそのあとを追い駈けて行かねばならぬほどあわただしくせかせかとこの逍遥学派的〔瞑想的〕デッキ散歩をやってのけるのだ。それにまた社交室にもバーにも喫煙室にも彼は決して姿を見せなかった。船のボーイが内緒話に私に教えてくれたところによると、彼は一日の大部分を自分のケビンにこもって、ばかでかい将棋盤の上でチェスの研究をしているとのことだった。

三日もすると私は、彼に近づこうとする私の意志よりも彼の巧妙な防禦戦術のほうが上手《うわて》であることに実際むかむかしはじめた。私は生れてからまだ一度もチェスのチャンピオンと個人的に近づきになる機会を持たなかったし、今そのような人間のタイプを思い描いてみようと努めれば努めるほど、一生にわたって六十四の黒白の升目から成る空間のまわりばかりをもっぱら回転している頭脳活動というものなどは、ますます私には想像不可能なものと思えて来るのだった。たしかに私も自分の経験からしてこの〈王侯の遊戯〉の神秘な魅力について知ってはいた。それは人間が考え出したあらゆる遊戯のなかでも、ひとり傲然として一切の偶然の支配をまぬがれ、その勝利の栄冠はひたすら智力に、というよりも知的才能の或る特定の形式にのみ与えられる唯一の遊戯だった。しかしチェスを遊戯と呼ぶことには、それ自体すでに侮辱的な限定を加える虞《おそれ》があるのではなかろうか？　それはまた学問であり、芸術であり、マホメットの柩が天と地のあいだに懸かっているようにその二つの範疇のあいだにただよい、一切の相反するものがきわめてユニークに結びついているものではあるまいか？　太古より在ってしかも永遠に新しく、その本質は機械的なものでありながらもっぱら想像力によってのみ進行し、幾何学的な窮屈な空間に局限されつつしかもその組合せにおいては無限であり、絶えず展開するが決して何ものも生まない。何ものへも導かない思考、数値を出さない数学、作品を生まぬ芸術、実体のない建築、それでいてあらゆる書物や芸術作品より実際上永続的なのだ。あらゆる時代のあらゆる民族のものでありながら、いかなる神が人間の無聊をまぎらわし感覚を磨き精神を緊張させるためこの地上へもたらしたのかは何人にも知られていない唯一の遊戯なのだ。どこでそれは始まり、どこでそれは終るのか？　どんな子供にでもその初歩の規則はおぼえられるし、どんな無器用な人間でもやってみることはできるが、それでいてこの遊戯はその不変の狭い方形のなかで、他のすべての人間とは比較できない或る特別な種類の名人、もっぱらチェスにのみ向いた才能をそなえた人間、そのヴィジョンも忍耐力も技術も数学者や詩人や音楽家におけるとまったく同じほど一定された配置をもって――ただその深浅の度や組合せは違うが――働く特殊な天才を、生み出すことができるのだ。昔の観相家の流行時代だったならば、ガル〔十八世紀末より十九世紀にかけてのドイツの解剖学者、観相学の創始者として有名〕のような人間がおそらくそのようなチェスの名人の脳を解剖して、そのような天才の脳の灰白質には特別な回転が見出されないか、特別の筋肉あるいは隆起が他の人間の頭よりも際立って顕著にあらわれてはいないかを確かめようとしたことだろう。かつまたそのような観相学者が、ちょうど何の役にも立たぬ百ポンドの岩石のなかにたった一筋の金の層脈が走っているように、完全な知的停滞のなかに特殊な天才が混和して見出されるチェントヴィッツのような例をはじめて見たならば、どれほど昂奮させられたかわからないではないか！　このように独特な、このように天才を要求するゲイムが、その道に特有の達人《マタドール》を生み出さずにはおかぬということは、原則としては私にははじめから理解できることだった。しかし世界を白と黒の狭小な単調な面の上にのみ見、自己の生死を賭けた勝敗を三十二の駒の単なる前進後退のうちにのみ求めて頭脳を活動させる人間、桂馬《ナイト》ではなく歩《ポーン》を押出すという新機軸を開けばそれだけですでに大手柄であり、チェスの本の片隅にささやかながらも不朽の名をとどめることになるという人間――木の王様を木の盤の片隅に追いつめるという馬鹿馬鹿しい目的にむかって、狂人にもならずに十年、二十年、三十年、四十年という年月にわたってその一切の思考努力を絶えずくりかえし傾注している人間、そういう頭脳的人間の生活を思い描いてみることはとても不可能だった！

ところが今そのような驚異的人間、そのような奇妙な天才もしくはそのような不可解な愚者が、同じ船のなかでわずか六つ先のケビンというこの身近のところにいるということにはじめてなったのに、因果なことに精神的事象に対する好奇心が一種の情熱にまでなっているこの私が、彼に接近することができないなどとは！　私はおよそ突拍子もない計略をあれこれ思いめぐらしはじめた。大新聞のためのインタヴューだと申出て彼の虚栄心をくすぐってやろうとか、スコットランドで金になる試合を提案して利欲で彼を釣ってやろうとかいう類である。しかし最後に私は、大雷鳥をおびきよせる猟師の一番確実な手はその発情期の啼声を真似することだったのを思い出した。実際チェスの名人の注意を自分にひきつけるには、みずからチェスをやるに越した効果的なことがあり得るか？

ところで私は今まで一度もチェスを本気にやったことがなかった。その理由は要するに、チェスなどというものはいつもごく軽く、もっぱら自分の楽しみのためのものとして考えていたからにすぎない。私が一時間ほど将棋盤の前に坐ることがあるとしても、それは決して努力をしてみるためではなく、反対に精神的緊張からくつろぐためなのである。私はこの言葉の最も正しい意味においてチェスを〈遊ぶ《シュピーレン》〉のであるが、一方本物のチェス競技者のほうは、思い切った新語をドイツ語に導入するとすればチェスを〈ernsten〉〔ernst は「まじめな」「真剣な」「厳粛な」という意味の形容詞。英語の play に当る spielen の対比としてこれを動詞化しているのである〕するのだ。ところでチェスにおいても恋愛におけると同じく相手が必要であるが、私はそのときまではまだ私たち夫婦のほかにチェスの好きな人が船にいるかどうかを知らなかった。いるとしたらそういう連中をおびきだすために、私は妻を相手に（妻は私よりもなお下手だったのだが）将棋盤にむかって、スモーキング・ルームにまことに原始的な網を張ったものである。そして実際私たちがまだ六手と指していないうちに早くもそこを通りかかった誰かがたちどまり、さらにまた一人が見させてくださいと許可を求めた。あげくのはてには、一番お手合せ願いたいという願ってもない相手までも出て来たのである。この男はマッコナーという名で、スコットランド人の採鉱技師だった。聞くところによるとキャリフォーニヤで油井を掘りあてて産をなしたそうだが、一見したところは頑丈な、ほとんど四角といえるほどごつごつした顎骨と、強い歯を持った逞しい男で、その艶々した顔色が目立って赤いのは大方、すくなくとも部分的には、ウィスキーを大いに愛好することから来ているらしかった。驚くほど広い、ほとんどレスラーか何かのように怒《いか》った肩は、困ったことに勝負しているあいだまでも変に気になって仕方がない。というのは、このミスタ・マッコナーは、どんなにつまらない競技であっても負けるということを自分の人格の屈辱と感ずるような種類の、自惚で固まった成功者の型に属していたのだ。生れてからいつも容赦なく自分の我意をつらぬくことに慣れ、現実の成功に甘やかされているこの無骨な self-made man は、優越感が抜きがたく骨の髄まで沁みこんでいて、自分に逆らういかなるものをも不当な反抗と、いやほとんど侮辱と受取って昂奮してしまうのだった。最初の一番に負けると彼は不機嫌になって、ほんのちょっとうっかりしたためにこんなことになったにすぎないのだとくどくどと押しつけがましく説明しはじめ、三度目のときには自分の失敗の原因を隣りの部屋のやかましさにおっつけた。一番負けるたびに即座に復讐戦を要求しないではいられないのだ。はじめはこの体面にこだわる片意地さは私には面白かった。だがそれもしまいには、世界チャンピオンを私たちのテーブルにおびきよせるという私の本来の意図に不可避的に伴う現象という以上には考えられなくなった。

三日目になって計画は成功した。尤もそれは半分の成功でしかなかったが。チェントヴィッツはプロムナード・デッキから窓越しに私たちが盤にむかっているのを見たのか、たまたまスモーキング・ルームに御光臨遊ばしたのか――それはともかく私たち非才のものが彼の専門の勝負をやっているのを見るや否や彼は思わず一歩近づいて、しかるべき距離をへだてて私たちの盤面に検分するような視線を投げた。ちょうどマッコナーの指す番だった。そしてこの一手だけでチェントヴィッツに、彼のような名人の目からは私たち素人がいかに努力していようとこれ以上見つづける価値は全然ないと教えるに充分だったらしい。私たちが本屋で勧められたつまらない探偵小説を、ページをめくってもみずに押しやるのとそっくりそのままの、いかにも当然だというような素振で彼は私たちのテーブルから離れ、スモーキング・ルームを出て行った。〈目方を測ったら軽すぎたというわけか〉と私は、この冷やかな軽蔑的な視線に少々むかむかしながら心に思い、そしてその不機嫌を何とか発散させようとしてマッコナーに言った。

「今のあなたの手は名人をあまり感服させなかったようですな」

「どんな名人です？」

私は今しがた私たちのそばを通りかかってどうも賛成できぬというような目つきで私たちの勝負を見て行ったあの紳士がチェスのチャンピオンのチェントヴィッツだったのだと彼に説明して

やった。だから――と私はつけくわえた――私たちは二人とも我慢して、ああいう名人の軽蔑を気に病んだりせずにそれに甘んずればいい、誰でも人は身の程をわきまえねばならないから。しかし驚いたことに私がなげやりに言ったこのことがマッコナーの上にはまったく思いがけない効果をおよぼしたのだ。彼はたちまちいきりたち、私との勝負を忘れてしまった。そして彼の名誉心はまさに音をたてて高鳴り出したものだ。チェントヴィッツがこの船に乗っているとは思いもよらなかった、何としても自分と手合せしてもらわねばならぬ。自分は世界チャンピオンと勝負したのは、ほかの四十人の人間と一緒に同時試合したことがたった一度あるだけだが、それですらものすごく緊張したもので、自分はそのときほとんど勝つところだったのだ。――そう彼は言って、私が個人的にあのチャンピオンを知っているかと訊く。私は否定した。私からチェントヴィッツに言葉をかけて私たちのところへ来てくれと頼む気はないかとも彼は訊く。私の知るところではチェントヴィッツは新しい知合いをあまり作りたがらないという理由を挙げて私はことわった。それだけではない、われわれ三流の連中を相手にすることなど世界チャンピオンにとってどんな魅力があるだろうかとも私は言った。

今思えば、三流の云々といったようなことをこのマッコナーのような名誉心の強い男の前ではやはり言わないほうがよかったろう。彼は憤然としてそっくりかえり、自分としてはチェントヴィッツといえどもジェントルマンたるものの鄭重な招きをことわることがあろうとは信じられない、呼んで来ることは勿論自分が引受けると切口上で言明した。彼の望みに従って私がこの世界チャンピオンの人柄を手短かに話してやると、彼は早くも勝負途中の将棋盤など見向きもせずにほったらかして、怺え性もない性急さでプロムナード・デッキへチェントヴィッツを追い駈けて行った。またしても私は、あれほど広い肩の持主というものは一旦或る事を欲したとなると引留めることはできないものだと悟らされた。

私は少々緊張しながら待っていた。十分ほどしてマッコナーはもどって来たが、私の見るところあまり穏かな気持ではなさそうだった。

「どうでした?」と私は言った。

「あなたのおっしゃったとおりだ」と彼はちょっと立腹のていで答えた。「あんまり気持のいい御仁《ごじん》ではありませんな。私は名前を名乗って自分がどういう人間か言ってやりました。あの男は私に手を差出そうともしない。私は、彼がわれわれを相手に同時試合をやってくれたら船に乗合せたわれわれ一同はどれほど誇りに思い名誉に思うかということをあの男に説明してみたんですがね。ところが奴さんと来てはあいかわらずにこりともせず、遺憾ながら自分は、この巡業のあいだは決して謝礼を取らずにはゲイムをしないという契約上の義務を自分の代理人に対して負っていると言うんですよ。最低の謝礼は一ゲイムあたり二百五十ドルだそうですがね」

私は笑った。「駒を黒から白へ押し進めて行くことがそんなに金になる商売だなどとは普通なら私は考えてもみなかったでしょう。それではあなたは向う様に劣らず鄭重に御辞退申上げていらっしゃったのでしょうね」

ところがマッコナーはあくまで大まじめだった。「勝負は明日の午後三時ということになりました。この喫煙室でです。私たちだってそうあっさりと完敗させられはしないと私は思ってますよ」

「何ですって？　あなたは二百五十ドルで承諾して来られたのですか？」と私はすっかり呆れて叫んだ。

「あたりまえじゃありませんか。C'est son métier.〔それが彼の商売です〕私が歯が痛くてたまたま船に歯医者が乗合せていたとすれば、私はその歯医者がただで私の歯を抜いてくれないものかなどと思いやしませんからね。あの男が高い値段を吹っかけるのは完全に正しいんです。どんな分野でもほんとに有能な人間は一番商売のうまい人間ですから。私自身としてみれば取引がはっきりとしていればいるだけいいと思いますよ。チェントヴィッツ氏のごときからお情をかけてもらって揚句のはてお礼申上げねばならぬのよりも、私は現金で払ったほうがいい。何と言ったってこれまでにも自分のクラブで一晩のうちに二百五十ドル以上使ってしまったことはあるんですから。しかもそれで世界チャンピオンと手合せしたわけではないんだ。〈三流〉の人間にとってはチェントヴィッツみたいな人間に打負かされたって恥にはなりませんよ」

〈三流の人間〉という悪意のない言葉でマッコナーの自尊心を自分がどれほど深く傷つけてしまったかということを知って私は面白かった。しかし彼がこの高価な慰みのために自腹を切るつもりでいるのだから、私としては彼の場違いな名誉心に対して異議を申立てる筋合は毫もなかった。この名誉心のおかげで私は私の好奇心の的であるあの人物とやっと近づきになれようというわけだから。私たちは大急ぎで、それまでにチェス好きだと名乗り出ていた四五人の紳士たちに予定の件を知らせ、そして翌日できるかぎり通りがかりの船客に邪魔されないように、私たちのテーブルだけではなく周囲のテーブルをも予定の試合のために予約させた。

明くる日の申合せの時刻には私たちの小さなグループは全部顔をそろえていた。チャンピオンと向い合った中央の席は言うまでもなくマッコナーに振当てられたが、彼は苛立ちを紛らそうとして次から次へ太い葉巻に火をつけ、絶えずそわそわと時計を見上げるのだった。けれども世界チャンピオンは——私は私の友人の話したことからこのようなことはすでに予感していたのだが——たっぷり十分も私たちを待たせた。それによって彼の登場にますます重みがついたことは言うまでもない。彼は悠揚迫らずテーブルに歩み寄った。自分の名を告げもせず——〈私が誰だか諸君は知っているし、諸君が誰かということなどは私には興味がない〉ということをこの無礼な態度は意味しているようだった——彼は玄人らしいそっけなさで駒をならべはじめた。この船では将棋盤が足りないので同時試合はできないから、あなたがたが一緒になってかかって来てはどうかと彼は提案した。一手指す毎に自分はあなたがたの相談を妨げないように部屋の隅の別のテーブルへ行く。あなたがたのほうが指したらすぐ、残念ながら呼鈴がないから、スプーンでコップをたたいてほしい。あなたがたのほうで異存がなければ待時間の限度は十分としよう。私たちは無論おずおずした小学生のようにそれらの提案に一々同意した。チェントヴィッツが黒を持つことになった〔チェスでは囲碁と反対に黒が後手になる〕。立ったままで彼は自分の最初の手を指して、すぐに自分の決めた場所へひきさがり、のんびりと椅子によりかかって絵入新聞をぱらぱらめくっていた。

この試合について述べたって大して意味はない。言うまでもなく、なるべきようになった。つまり私たちの完敗で終り、しかも二十四手でもう終ってしまったのだ。世界チェス・チャンピオンが中等程度の、いやそれ以下の五六人の棋士を苦もなく薙ぎ倒してしまうということはそれほど驚くべきことではなかった。実際われわれすべてに不快に感じられたのは、自分はおまえたちを苦もなくかたづけてやるのだということをあまりにも明らさまに私たちに思い知らせようとするチェントヴィッツの不遜な態度だけだった。彼はいつも一見気のなさそうな目を盤面に投げるだけで、その際まるで私たちが生命のない木製の駒ででもあるようにいかにもなげやりに私たちにすうっと目をやって行くのだが、この横柄な身振は、人が目をそらしながら瘡かきの犬にパン屑を投げて行く素振を思わず聯想させるのである。もうすこしデリカシーがあったら、これは私の考えだが、彼とて私たちの過ちを注意し、あるいは愛想のいい言葉で励ましてくれただろう。

ところが勝負が終ってからもこの非人間的なチェスの機械は一言も口に出さず、「詰み！」と言ったあとは机の前に身動きもせず立ったまま、私たちがもう一番所望するかどうかと待っているだけなのだ。あまり無神経な無作法さに対しては誰もそう思うように、私もとりつく島のない気がして、このドルを払った勝負をもって少くとも私としてはこちらの仲間のほうの遊びは終ったものと思うという意味をこめてすでに立上っていたが、そのとき横にいたマッコナーがすっかり嗄れた声で「もう一番！」と言うのを聞いて私は腹が立った。

私はまさにその挑戦の語気に驚いたのだ。実際マッコナーはこのとき、慇懃なジェントルマンというより試合開始前のボクサーのような感じがした。それはチェントヴィッツが私たちに示した不愉快なあしらい方のためだったか、それとも彼の病的に過敏な名誉心のせいだったか——いずれにしてもマッコナーの人相は一変していた。髪の生え際まで顔じゅうを紅潮させ、内面の緊張に鼻の穴をひどくふくらませて、彼は目に見えて汗を滲ませていた。そして噛みしめた唇から戦闘的に突き出した顎へかけて鋭く皺が刻まれた。普通ならばルーレットで倍賭けを六回も七回もかさねて当りにならなかったときでもなければ人の顔にあらわれないような、あの狂おしい激情のきらめきを彼の目に認めて私は不安だった。この瞬間私には、この熱狂的な名誉心に憑かれた男はよしんば全財産をなげうたねばならぬとしても、せめて最後にたった一度だけ勝負に勝つまで、謝礼金はそのままだろうが倍になろうがおかまいなくあくまで勝負をつづけるだろうということがわかった。もしチェントヴィッツが最後まで勝ち越せばマッコナーのうちに金坑を見出したようなもので、ブエノス・アイレスに着くまでに数千ドルを掘り出すことができるはずだ。チェントヴィッツは動じなかった。「どうぞ」と彼は丁寧に言った。「今度はあなたがたが黒です」

二局目も、弥次馬が何人か加わって私たちのサークルを増大させたばかりか一層賑やかにした以外、様相は全然変らなかった。マッコナーは是が非でも勝とうという自分の意志で駒に催眠術をかけようとするかのように凝然と盤面をみつめていた。つんとすました相手にむかって「詰み！」という歓呼の叫びを投げつけるためならば、彼は欣然として千ドルでもなげうったろう。奇妙なことに彼の腹に据えかねた気持は無意識のうちに私たちにも少々乗り移って来た。一手一手が前よりも熱心に議論され、意見が一致してチェントヴィッツをテーブルに呼びもどす合図をするまで、私たちは時間ぎりぎりになっても甲論乙駁していた。こうしてだんだんと十七手にまでなったが、局面は——われわれ自身これには驚いたが——われわれのほうにびっくりするほど有利になっていた。つまり、cの列のポーンを敵陣の一つ手前のc2の升にまで進めることに私たちは成功していたのだ。これをクイーンにするにはそのポーンをc1に進めさえすればよかった。このようなあまりにもあきらかなチャンスを前にして勿論私たちはすっかり悦に入っていたわけではない。私たちは皆、一見自分たちの獲得したように見えるこの有利な位置は、私たちよりもずっと読みの深いチェントヴィッツがわざと誘いの手として仕掛けたものではなかろうかと邪推した。しかし皆で一所懸命頭をひねり議論してみても、私たちには隠れた計略を見出すことができなかった。結局許された考慮時間ぎりぎりになって私たちは思い切って指してみることに決めた。すでにマッコナーは最後の升へ進めようとしてポーンに手をかけていたが、そのとき突然彼は腕をつかまれ、誰かが低いけれども激しい声でささやいた。「絶対にそれはしないでください！」

思わず私たちは皆振向いた。それは四十五歳ぐらいの紳士で、その細長い尖った顔は異様な、ほとんど白墨のような蒼白さのために以前からプロムナード・デッキで私の目についていたのだが、私たちが今の問題に全心を傾注していた最後の何分かのうちに彼は私たちのほうへやって来ていたに相違ない。私たちの視線を感じると彼はあわただしくつけくわえた。

「今あなたがクイーンに成ると相手はすぐｃ１のビショップであてて来る。あなたはナイトで反撃する。しかしそのあいだに相手は明いたポーンをｄ７へ進めてあなたのルークを脅す。そしてたといあなたがナイトで王手にしたところであなたの負けで、八手から十手までのうちにかたづけられてしまいます。これは一九二二年のピスティアンの大会でアリェーキンがボゴリューボフと対戦のとき編み出した手順とほとんど同一のものですよ」

マッコナーは驚いて駒から手を離し、われわれすべてと同じく驚歎して、思いがけぬ天使といったように天から救いに来てくれたこの男を注視した。九手先の詰みまで見越す人間ならば一流の専門家に相違なかった。いやそれどころか、同じ試合に出かけて行く選手権挑戦者かもしれない。まさにこれほど決定的な瞬間に彼が来て口をはさんでくれたことはほとんど超自然的なことでさえあった。最初に我にかえったのはマッコナーだった。

「どうしろとおっしゃるんです？」と彼は昂奮してささやいた。

「今すぐ攻めないで、さしあたり守るのです！　まず何よりもg8からh7への筋は危険ですからキングをそこからどけるのですな。相手は多分そうすれば別の側面へ攻撃をしかけるでしょう。だがそれはc8―c4のルークで防げる。そうなると相手は二手損をし、ポーンを一つ失い、それとともに優勢を失います。それから明いたポーンと明いたポーンとがぶつかり合いますが、あなたがちゃんと防衛体制を崩さなかったら無勝負に持ちこめるでしょう。それ以上のことは現状からは望めませんね」

私たちはまたしても驚かされた。彼の読方の迅速さも的確さも、人を困惑させるようなところがあるほどだった。まるで印刷された本のなかから指す手を読取っているかのようだった。だがそれにしても、この人の口出しのおかげで世界チャンピオンを相手とする試合を無勝負にまで持って行けそうだという思いもよらないチャンスは魔法のような作用をおよぼした。私たちは一斉にわきへ身を引いて、彼が自由に盤面を見られるようにした。もう一度マッコナーが訊いた。

「それではg8のキングをh7へですね？」

「そうですとも！　まず何よりも守ることです！」

マッコナーは言われたとおりにした。そして私たちはコップを叩いた。チェントヴィッツはあいかわらずのおちつきはらった足どりで私たちのテーブルへ歩いて来て、一目見てこちらの手を判じた。それから彼は私たちの未知の救い主が予言したのとまったく同じにh2―h4のポーンをキングの横腹へ進めた。するとはやくもわれわれの救い主は昂奮してささやくのだった。

「ルークを前へ、ルークを前へ、c8からc4へ。そうしたら相手はまず自分のポーンを守らねばならなくなります。しかしそうしたからって何の役にも立ちませんがね！　あなたは敵の明いたポーンのことを気にかけずにナイトをc3―d5とすることができる。そうすれば均衡が回復します。今度は防禦でなく全力を挙げて攻撃です！」

私たちには彼が何を考えているのかわからなかった。彼の言っていることは私たちにとってシナ語と同じだった。けれどもすでに彼の呪縛にかかってしまっていたマッコナーは考えてみもせずに言われたとおりにした。私たちはまたコップを叩いてチェントヴィッツを呼んだ。このときはじめて彼は即決しなかった。緊張して彼は盤を眺めた。それから彼は未知の男が私たちに予告したとおりの手を指し、立去ろうとして踵をかえした。けれども立去る前に今までになかった思いがけないことがあった。チェントヴィッツが目を上げてそこに並んだ私たちを見まわしたのだ。

あきらかに彼は、誰が急に自分にむかってこのように果敢に楯ついて来たのかをさぐり出そうとしたのだ。

この瞬間から私たちの昂奮は際限もないものになった。これまでは私たちは実際に勝てるという希望なしに勝負していたのだが、今ではチェントヴィッツの冷やかな高慢さを挫いてやるという想念が心臓の一打ちごとに私たちの血を沸きたたしていた。しかし早くも私たちの新しい友は次の手を命じていた。そして私たちは——スプーンでコップを打つとき私の指は顫えていた——チェントヴィッツを呼びかえすことができた。このとき私たちは最初の勝利を味わった。今まではいつも立ったまま指していたチェントヴィッツが逡巡に逡巡をかさね、しまいに坐りこんでしまったのだ。彼はゆっくりと鈍重に腰をおろした。だがもうそれだけで彼と私たちのあいだの今までの上から下へ見下す関係は、単に肉体的な意味だけでも消滅したのだった。彼が私たちとすくなくとも空間的に同一の面に降りて来ることを私たちは彼に強いたのだ。彼は長考した。目をじっと盤面の上に注ぎ、もはや黒い瞼のかげに瞳が見えなくなったほどだ。そしてきわめて緊張して熟考に耽っているうちにだんだん彼の口は開いて来、そのため彼の円い顔は少々間の抜けた表情になった。チェントヴィッツは数分考慮し、それから一手指して立上った。早くも私たちの友はささやいた。

「時間稼ぎの手だな！　みごとなものだ！　だがその手に乗ってはいけない！　強引に交換する

のです、何としても交換する。そうすれば無勝負へ行けます。むこうがどれほどじたばたしてももう駄目です」

マッコナーはその言葉に従った。次いで双方のあいだに——私たちはもうずっと前から無為の傍観者の位置に落ちていた——私たちにはわけのわからない遣取りが交わされた。およそ七手ほど指してからチェントヴィッツはやや長いこと考えていたが、やがて宣言した。「無勝負です」

一瞬完全な沈黙があたりを支配した。突然波の音が聞え、サロンのラジオのジャズが聞えて来た。プロムナード・デッキの足音が一つ一つ聞え、窓の隙間から洩れて来る風のかすかな、かぼそいざわめきも聞えた。私たちは誰も息を吞んでいた。すべてはあまりにも突然で、私たちすべてはまさにこの未知の男がすでに半分負けてしまっている勝負を引受けて世界チャンピオンに対して自分の意志を押し通したという信ぜられぬ事実に驚歎していたのだ。マッコナーはいきなり身を反らせて椅子によりかかり、押殺していた呼吸がいかにも楽しげな「ああ！」という溜息となって唇から洩れて来た。私はまたしてもチェントヴィッツをみつめた。すでに最後の数手のときから私には彼の顔色が前より悪くなっているように思われていた。しかし彼はよく自制することができた。一見冷静らしい硬直した態度を崩さぬまま、おちついた手で駒を盤の上から押しのけながらどうでもいいというような言方でこう訊いた。

「三局目をお望みになりますか？」

彼はまったく客観的に、純粋に事務的にこの質問を発したのだ。しかし奇妙なことは、彼がその際マッコナーのほうへ目をやらずに、私たちの救い主にむかって鋭く真正面から視線を投げたことであった。馬が腰の据え方によって今までとはちがった一層上手な騎手を見分けるように、彼も最後の幾手かによって自分の本当の、自分の本来の敵手を認めてしまったに相違ない。思わず私たちは彼の視線のあとをたどり、緊張してあの見知らぬ男をみつめた。しかしこの男が考慮する、いや返事するだけのひまもないうちに、名誉心を煽られたマッコナーがすでに意気揚々として彼に叫びかけていた。

「勿論ですとも！　ですが今度はあなたが一人で勝負をなさらなければ！　あなた一人でチェントヴィッツと勝負するんです」

ところが思いがけぬことが起った。奇妙なことにもはやかたづけられた盤の上を依然緊張したままみつめていたその見知らぬ男は、すべての人の視線が自分の上に注がれ、しかもこれほど有頂天になって話しかけられたのを知るとぎょっとした。彼の顔つきには困惑があらわれた。「それは何としても駄目です」と彼は目に見えて当惑してつぶやいた。「そんなことは全然不可能です……私など全然問題にならない……もう二十年、いや二十五年も将棋盤にむかったことなどないんですから……それに今になってみると、あなたがたのお許しも得ずにあなたがたのゲイムに差出口をしたりして、ほんとにはしたない真似をしたものだと思います……。出しゃばって申訳ありませんでした……これからはもう決してお邪魔しません。」そう言って、私たちがまだ驚きから我にかえらぬうちに早くも彼は引返し、部屋から出て行った。

「そんなことがあってたまるものか！」と元気のいいマッコナーは拳骨で机をたたいてわめいた。「あの男が二十五年もチェスをやらなかったなんてことはまったくあり得ない！　どんな手も敵のどんな出方も五手から七手の先まで見通していたじゃないか。そんなことは誰にだって簡単にできることではない。何としてもまったくあり得ないことだ——そうじゃありませんか？」

この最後の質問をマッコナーは思わずチェントヴィッツへ向けたのだ。しかし世界チャンピオンはあいかわらずどこまでも冷静だった。

「それについては私には判断できません。とにかくあの方はちょっと奇妙な面白い指し方をなさった。ですから私はわざとあの方にチャンスを与えたのです。」そう言いながら気がなさそうに腰を上げて彼は例の没主観的な言方でつけくわえた。

「あなたが、あるいは皆様がたが明日またゲイムをしたいとおっしゃいますなら、私は午後三時からお相手します」

私たちはかすかな微笑を抑えることができなかった。私たちは誰も、チェントヴィッツがそんなに鷹揚に私たちの救い主にチャンスを与えたことは決してなかったし、だから彼のこの註釈が自分の失敗を隠蔽しようとする幼稚な言訳以外の何ものでもないことを知っていた。これほどまでにふてぶてしい高慢さが潰え去ったところを見たいという私たちの熱望は、それだけにますますたかまった。それまで平和で暢気な船客だった私たちが俄に負けてなるものかという荒々しい闘争心に襲われた。というのは、大洋のただなかの私たちの乗ったまさにこの船の上でチャンピオンがその栄冠を奪われるかもしれない――そうなればそれは電信室から全世界にむかってたちまち送り出される一大レコードとなるだろう――という考えが挑発的に私たちを魅了したからである。その上さらに、まさに決定的な瞬間に思いがけずあの男が救いに出てくれたということから来る、神秘的ともいうべきものの魅力と、彼のほとんど臆病なまでの謙遜とあの職業棋士の物に動じない自負心との対照ということもあった。一体この見知らぬ男は誰なのか？　たまたま私たちはここで知られざる天才にはじめてぶつかったのだろうか？　それとも有名な大家が或る秘められた理由からその名をかくしているのだろうか？　そういったすべての可能性を私たちは極度に昂奮して論じ合ったが、いかに突飛な推測をもってしても、あの未知の男の不思議な内気さや彼のした意外な告白を、見紛いようのない彼の技倆とうまく結びつけるには足らなかった。それにしても或る一点では私たちの意見は一致していた。何としてももう一度二人を闘わしてみないではおかないということである。私たちはどんなことをしてでもあの救い主に翌日チェントヴィッツと一戦を交えさせることにしようと決めた。それについての金銭上の負担はマッコナーが引受けることを約した。一方そのあいだにボーイに訊いて彼がオーストリア人であることが判明していたので、彼の同国人として私が一同の願いを彼に伝える役目を引受けさせられた。

　大して手間もかけずに私はあのようにあわただしく逃げ出した男をプロムナード・デッキで見つけた。彼はデッキチェアに横たわって何かを読んでいた。近づく前に私は彼を観察する余裕を得た。角ばった感じの彼の頭はやや疲れたように空気枕によりかかっていた。またしても私は、比較的若々しい顔が奇妙に蒼白いのに特に驚かされた。その顳顬《こめかみ》にかかった髪はまばゆいほど白かった。なぜか私には、この男は急に老いこんだのだという感じがした。私が歩みよるや否や彼は鄭重に身を起して名を名乗ったが、その名は非常に尊敬されているオーストリアの名家のそれだと私にはすぐわかった。この名を名乗るものの一人はシューベルトの一番親しい友人のなかにあったし、老皇帝〔フランツ・ヨーゼフ一世のこと〕の侍医の一人もこの家系から出ていることを私は思い出した。私がこのB博士にチェントヴィッツの挑戦を受けていただきたいという私たちの願いを伝えると、彼はすっかり呆れかえった。あの勝負の相手が世界チャンピオンであり、しかも現在一番名声を得ている人間を相手に自分が堂々と闘ったのだなどとは彼は夢にも思っていなかったことが判明した。何かの理由からこの事実を聞いて彼は特別の感銘を受けたように見えた。というのは、彼の相手が事実世界に認められたチャンピオンだったというのは確かなのかとくりかえしくりかえし訊いたのである。やがて私は、私の使命がその事実によって容易にされて来たのに気がついたが、ただ彼の神経がデリケートなことが感じられたので、万一負けた場合金銭上の負担はマッコナーの財布にかかるのだということは伏せておくのが賢明だと思った。ややしばらく躊躇していたあげくB博士は最後に試合をやってもいいと言明した。ただし皆さんがたに自分の能力について過大な期待を決してかけないようにもう一度注意しておくことをはっきりお願いするというのである。

「と申しますのは」と彼は物思わしげな微笑をうかべてつけくわえた。「私は自分が規則どおりに正しくチェスをやれるかどうか本当に知らないのです。これは信じていただきたいが、私が高等学校時代から、つまりもう二十年以上も前からチェスの駒に手を触れたことさえなかったと申上げても、決して間違った謙遜ではないのですよ。しかも高等学校時分ですら私はチェスには特別才能もない人間にすぎませんでした」

彼はこれをごく自然な言方で言ったので、私には彼の誠実さにいささかの疑惑をはさむこともできなかった。それでもやはり私は、彼がいろいろの名人の一つ一つの手を精確に記憶していることについての驚歎を表明せずにはいられなかった。とにかくあなたはすくなくとも理論的にはチェスに非常に関心を持たれたに相違ないと私は言った。B博士はまたしてもあの奇妙な夢みるような微笑をうかべた。

「非常に関心を持った！――それはね、私がチェスに非常に関心を持ったとはたしかに言えるでしょう。しかしそういうことになったのはまったく特殊な、いや本当に又とないような事情だったのです。ちょっと込み入った話ですが、それにしても私たちの生きているこの大変な時代のささやかな一断面と見ることもできるものでしょう。あなたが三十分ほど辛抱してくださるなら……」

彼は自分のわきのデッキチェアを指した。私は喜んで彼の招きに従った。私たちのそばには誰もいなかった。B博士は読書用の眼鏡をはずしてわきへ置き、こう話し出した。

「あなたは御親切に、御自分がヴィーンの方で私の姓をおぼえているとおっしゃってくださいましたが、しかし私が父と共同で、のちには自分一人で営んでいた弁護士事務所のことを聞かれたことはなかろうと私は思います。と申しますのは、私どもは新聞でやかましく書きたてるような事件を取扱うことはなく、建前として新しい依頼者は避けていたからです。実際は私どもはもう本来の意味での弁護士業はやっていませんでした。もっぱら大きな修道院の法律相談と財産管理に限っていたのですが、私の父は以前宗教政党の代議士としてそれらの大修道院と親しい関係にあったからです。それ以外に私どもは——今日では帝政は過去のものになってしまいましたから忌憚なく帝政の話をすることができますが——帝室に属する二三の方々の財産管理も委ねられておりました。宮廷および宗教界とのこの結びつきは——私の伯父の一人は皇帝の侍医でしたし、もう一人はザイテンシュテッテンの修道院長でしたが——もう二代もつづいていました。私たちに必要なのはそれを維持することだけでした。そしてこの代々の信任によって私たちに与えられた仕事は、物静かな、私に言わせればひっそりとしたもので、実際それに必要なものといえば厳しい口の固さと誠実さだけでしたが、この二つの性格は死んだ私の父が最大限に身につけていたものでした。実際父はあのインフレイション時代をも一切の顚覆の時代をも通じて、その慎重な計らいによって依頼者たちのためにかなりの額の財産を守ってやることに成功したのです。その後ヒットラーがドイツで政権を取り、教会や修道院の財産に対して掠奪を開始しますと、国境の向うからも、せめて動産だけでも差押えを免れさせるためいろいろな商談や取引が舞いこみ、私たちの手を通じて処理されましたが、法皇庁と帝室の或る種の秘密な政治的折衝については、一般の人々が今後とも決して聞くことのないほどのものを私たちは知っていたのです。しかしまさに私たちの事務所の目立たないことと——私たちは戸口に標札を出すことさえ決してしませんでした——私たちが二人ともすべて帝室を尊重する人々の社会はことさらに避けていた慎重さとが、人々のうるさい穿鑿に対する最も確実な防壁となっていました。事実これらの年月のあいだ、オーストリアのいかなる官憲も、帝室の密使がほかならぬ私たちの目にも止まらぬ五階住いの事務室を最も重要な中継所《ポスト》としていつも迎えられ送り出されているなどということは一度も想像してみなかったのです。

ところで国家社会主義者は、世界を敵としてその軍隊を増強するよりもずっと前に、あらゆる隣接国のなかで、本当の軍隊ではないが危険性と訓練度はまったく同じ軍隊を組織しはじめていました。疎外された連中、冷遇された連中、怨恨を抱いた連中の軍団です。あらゆる官庁、あらゆる経営に彼らのいわゆる〈細胞〉は巣食っていたし、ドルフス〔オーストリア首相、一九三四年七月ナチによって暗殺された〕やシュシュニック〔ドルフスの後継者、一九三八年ヒットラーに迫られて挂冠し、その後独墺合邦が行われた〕の私室にいたるまでありとあらゆる場所に盗聴器やスパイがひそんでいました。目にも止まらぬような私たちの事務所にすらも、残念ながら私がそれを知ったときはもう手遅れでしたが、彼らは廻し者を忍ばせておいたのです。無論それは取るにも足りない無能な事務員で、私たちの事務室におもてむきちゃんとした事業の体裁を持たせるためというだけの理由で或る司祭の紹介で雇った男です。実は私たちは何ということのない走り使い以外には彼を使いませんでした。電話の応答や書類の作成、その書類も勿論全然当り障りのないつまらぬものにすぎませんでしたが、そういうことをさせておいたのです。郵便物を開封することは決して許しておきませんでした。重大な手紙は自分でタイプでたたき、決してコピーを残すことはなかったし、あらゆる重要な文書は私が自分で家に持って帰り、秘密の協議はもっぱら修道院長の家か私の伯父の処方室でおこなった。こういった警戒措置のおかげでこの聞込み役のスパイは重要な事柄については何一つ知り得なかった。しかし何らかの因果な偶然によって、功名心に焦った虚栄心の強いこの大将は自分が疑われていること、そして彼の見ていないところでいろいろの興味あることがおこなわれていることに気づいたに相違ありません。おそらく一度私の不在中に、使者の一人が申合せておいたように〈ベルン男爵〉と言うかわりに不注意にも

〈陛下〉とでも言ったのかもしれない、あるいはこの悪党はいいつけにそむいて手紙を破って見たのかもしれない――いずれにしてもこの男は、私が疑念をおぼえないうちに、ミュンヘンあるいはベルリンから私を監視するように命じられていたのです。ずっとその後になって、拘禁されて大分たってからはじめて私は、彼の仕事ぶりが最初のうちはなげやりだったのが最後の数ヵ月には急に熱心になって来ていたこと、そして私の通信物を郵便局へ持って行こうと、何度となく、ほとんど強引なまでに言い出したことを思い出したものです。私のほうもだから或る種の不注意を免れていなかったのですが、それにしても結局のところ、どれほど立派な外交官も軍人もヒットラー一流の奸計にはすっかりしてやられているではありませんか。ゲシュタポが御親切にもどれほど綿密に私にずっと前から注意を払っていてくれたかということは、その後シュシュニックが辞表を呈出したその日の夕方、しかもヒットラーがまだヴィーンに乗りこんで来ていないうちに、すでに私が親衛隊員《エス・エス》によって逮捕されたという事実できわめて明白に証明されています。それでも運好く私は、シュシュニックの辞任の挨拶を聞くや否や一番重要な書類を焼却しておくことができました。そして残りの、いろいろの修道院と二人の大公が国外に預けている財産の証明には欠かすことのできないものを含む証書は――実際奴らが私の家のドアを叩くほんの数分前に――洗濯物の籠のなかにかくして私の年取った忠実な家政婦の手で伯父のところへ届けられたのでした」

B博士は中断して葉巻に火をつけた。ぱっと燃え上った光によって私は、以前からすでに私の目を惹いていた、そして私の観察し得たかぎりでは数分置きにくりかえされるあの神経的なわななきが、彼の口の右側の隅を走るのを認めた。それは瞬間的な、呼吸よりも軽いくらいの動きにすぎなかったが、しかし顔全体に奇妙な不安の表情を与えるのだった。

「ここであなたは多分、私たちの古いオーストリアへの忠誠を守ったすべての人々が送られた強制収容所の話を今から私がするものと御想像になるでしょう。私がそこで蒙った屈辱や虐待や拷問の話を。ところがそんなことは全然起らなかったのです。私はそれとは別の部類に入れられました。奴らが長いあいだ積りに積った遺恨をほとばしらせて肉体的精神的屈辱を加えたあの不幸な人々の仲間には私は入れられず、国家社会主義者どもが金銭なり情報なりを絞り取れるものと期待したあのごく少数のグループに加えられたのです。取るに足らぬ私という人間などは、それ自体としては勿論ゲシュタポにとって全然興味のないものでした。けれども奴らは、私たちが彼らの不倶戴天の敵の黒幕の代理人であり、管理人であり腹心であることを知っていたに相違ありません。そして奴らが私から強請《ゆす》り取ろうとしていたのは奴らの敵をおとしいれる材料、奴らがその財産隠匿を証明しようと思っていた修道院をおとしいれる材料、帝室と、オーストリアのなかで自己の一身を犠牲にして帝室の支持にまわったすべての人々とをおとしいれる材料でした。奴らは、私たちの手で処理されたあの財産のうち相当の部分がまだ奴らの掠奪欲の届かぬところへ匿されているものと想像したのです（そして事実その想像は誤ってはいませんでしたが）。奴らはそれ故、一番初めの日から私をつかまえて、奴らの極めつきの方法でそういう秘密を私にしゃべらせようとしたのでした。重大な資料や金銭を絞り取れると目《もく》された私のような部類の人間たちは、それですから強制収容所へは押しこまれず、特別の扱いを受けるものとされていたのです。多分あなたもおぼえていられるでしょうが、オーストリア首相や、また一方その親戚から数百万の金を強制的に出させられるものと奴らの期待していたロートシルト男爵は、鉄条網をめぐらされた収容所には決して入れられずに、一見優遇するもののように或るホテルに——それはメトロポール・ホテルで、ここが同時にゲシュタポの本部となっていたのですが、そういうホテルに連れて行かれ、めいめい個室を与えられたのでした。私のような取るに足らぬ人間もやはりこの光栄にあずかったのです。

ホテルに自分だけの一室を——これだけ聞けばおよそこの上なく人道的に響くのではないでしょうか？　しかしこれは信じてくださってもいいが、われわれいわゆる〈名士〉を二十人も一緒に氷のように冷え切ったバラックに押しこむかわりに、どうにか満足な程度に煖房され他と切り離されたホテルの部屋に住ませたにしても、それはより人間的な方法ではなく、より洗練された方法を私たちに適用するためだったのです。と申しますのは、必要とする材料を私たちに吐かせるために奴らが使おうとした圧力は、粗暴な鞭や肉体的拷問によるよりももっと巧妙に作用するはずのものでしたから。つまりそれはおよそ考えられるかぎり完璧化された隔離によるものでした。奴らは私たちには何もしませんでした——奴らはただ私たちを完全な無のなかに閉じこめただけでした。なぜなら誰も知るとおり、無というものほど人間の精神に圧迫を加えるものはこの世にないからです。私たち一人一人を完全な真空のなかに、外界から厳重に遮断された部屋のなかに密閉することによって、外的に鞭を加えたり寒気に曝したりするのとは違って、私たちの口を遂に割らせてしまうあの圧力が内面から生じて来るようにさせようとしたのです。最初見たところでは私にあてがわれた部屋は全然住みにくいもののようには見えませんでした。部屋には扉とベッドと椅子と洗面器と格子のはまった窓が一つずつありました。しかし扉は夜も昼も閉ざされており、机の上には本も新聞も紙一枚も鉛筆一本も置かれてはならず、窓は防火壁と睨めっこしていました。私の周囲、いや私の肉体に接して、完全な虚無がこしらえ上げられていました。奴らはあらゆる物品を私から取上げました。時間を見ることができないように時計が取上げられ、何一つ書くことができないように鉛筆が取上げられ、血管を切り開いて自殺することができないようにナイフが取上げられました。煙草のような最も些細な気ばらしさえ私には禁じられていました。看守以外には全然人間の顔を見ることもなく、その看守は一言も言ってはならず、何を訊かれても答えてはならぬことになっていたので、私は人間の声というものを聞くことはありませんでした。目も耳も、五官のすべてが二六時中ありとあらゆる対象を奪われ、自分自身を、——

自分の身体と机、ベッド、窓、洗面器といった四つか五つの物だけを相手に、絶望的なまでに一人ぼっちなのでした。この沈黙の暗い海の底にガラスの兜をかぶって沈んでいるようなもので、そればかりかこの潜水者は、外界へ繋ぐ索がたちきられて自分はもはやこの物音一つしない水底から引揚げられることはないのだとすでに予感しているのでした。何もすることはなく、何も聞くものはなく、何も見るものはありません。自分の周囲は二六時中すべて無であり、一切の時間と空間を失った空虚でした。部屋のなかを行ったり来たりする、それにつれて思考も絶えず行ったり来たりする。けれど思考というものはいかに実体のないもののように見えても、やはり一つの支点を必要とします。それがなければ思考は堂々廻りをはじめ、空しく一所を旋廻するばかりです。つまり思考というものも無には堪え得ないのです。朝から晩まで何か起らないかと待つ、けれど何も起りませんでした。ふたたび待ち、またしても待つ。何事も起らない。待ちに待ち、考えに考え、最後に顳顬が痛んで来る。何も起らない。あいかわらず一人ぼっちなのです、いつまでたっても、いつまでたっても。

それが二週間もつづきました。そのあいだ私は時間の外にあって、世界の外にあって生きていました。そのあいだに戦争が勃発しても私は何も知らなかったでしょう。私の世界は実際机と扉とベッドと洗面器と椅子と窓と壁で成り立っているだけで、始終私は同じ壁の同じ壁紙をみつめているだけでしたから。壁紙の鋸の歯のような模様の一線一線が青銅の鑿で鐫《ほ》りつけたように私の脳の一番深い襞にまで刻みこまれましたが、それほどしょっちゅう私は壁紙を睨んでいたのです。それからやっと訊問がはじまりました。夜なのか昼なのかはっきりわからないまま急に呼出されるのです。呼ばれて廊下をいくつか通って行くのですが、どこへ行くのかわからない。それからどこかで待たされるのですが、そこがどこかもわからない。そのうちに不意に机の前に立たされ、その机のまわりに幾人かの制服の男が坐っている。机の上には一重ねの書類が置いてある。何が書かれているのかわからない書類です。それから質問がはじまります、本当の質問や偽りの質問、あからさまな質問や裏のある質問、腹に一物ある質問や罠にかけようとする質問が。そしてこちらが答えているあいだ、見知らぬ邪悪な手の指が、何が書いてあるのかこちらにはわからぬあの書類をめくり、同じ手が何かを調書に書きこみ、そしてそこに書かれたのがどういうことかはこちらにはわからない。しかしこういう訊問の際私にとって一番恐ろしかったのは、ゲシュタポの連中が私の事務所でおこなわれていたことについて事実何を知っているか、そして私の口から何を聞き出そうと思っているのかということを何としても察知できなかったことです。前に申上げたように私は、本当に危険な書類は最後の瞬間に家政婦の手を通して伯父のところへ届けておきました。しかし伯父はそれを受取ったでしょうか？　受取らなかったのではないか？　そしてあの事務員はどの程度までばらしてしまったのか？　奴らは手紙からどれだけのものを摑んでいるのか？　私たちが代理していたドイツ国内の修道院で、へまな僧侶の口から今までにどれだけのことを聞き出しているのか？　そして彼らは訊問に訊問を重ねました。あの修道院のために私がどんな証券を買ってやったか、どの銀行と私は取引していたか、某々氏と面識があったか、スイスから、またステーノッケルゼール〔ベルギーの小都市〕から手紙を受取っていたか？　そして奴らがどれほどのことを探知しているかを私にはどうしても推定することができなかったので、どんな答をしても恐るべき責任を負うことになるのでした。奴らに知られていないことをもし私が告白したとすれば、おそらく私は不必要に誰かを死に赴かせることになったでしょう。私があまりにも否認しすぎたとすれば自分の身を危くすることになります。

　けれども訊問はまだ最悪のものではありませんでした。最悪なのは、訊問のあとであの無のなかへ帰ること、同じ机、同じベッド、同じ洗面器、同じ壁紙のあの同じ部屋へ帰ることでした。というのは、自分一人だけになるや否や私は、どう答えたら一番賢明だったか、自分がもしかすると迂闊なことを言ってよびおこしてしまったかもしれぬ疑惑を逸らすために、今度はどういうことを言わねばならぬかと、あれこれ頭のなかに組み立ててみようとしはじめるからです。私は考えに考えて考え抜き、予審判事にむかって言った片言隻句にいたるまで自分の供述を検討してみ、奴らの発した問、私のした答を一々思いかえし、奴らがその答のうち何を調書に書きこんだかを推量してみようとするのですが、それでいて自分が何一つ推定することも人から知らされることもあり得ないのだとはわかっているのです。しかしこういった想念は何もない空間のなかで一旦回転をはじめると、絶えず新しい組合せ、絶えず前と異なった組合せを作って頭のなかで自転しつづけ、夢のなかまでもつづくのです。こうしていつもゲシュタポによる訊問が終ると今度は私自身の頭脳が問と追究と責苦の拷問を仮借なくつづける。いやおそらくこちらのほうがもっと苛酷でした。なぜならゲシュタポの訊問はいずれにしても一時間もすれば終るのに、こちらのほうはこの孤独という陰険な責苦のおかげで決して終ることがないのですから。そしていつも私の身のまわりにあるのは机と戸棚とベッドと壁紙と窓だけ、何一つ心を紛らすものはないのです。本もない、新聞もない、他人の顔もない、何かを書き留める鉛筆も、手すさびになるマッチ一本もない、何も、何も、まったく何もなかったのです。今にしてはじめて私は、このホテル監禁という方式がいかに悪辣な考え方で、いかに心理的に致命的に考案されたものかということに思い当りました。強制収容所でならば多分手から血が流れ足が靴のなかで凍えきってしまうまで石を運ばねばならなかったでしょう。寒さと悪臭のなかに二十五人もの人間と一緒に閉じこめられていたでしょう。しかし人々の顔は見られます。畑に出られます。手押車があり、木があり、星があり、何かを、とにかく何ものかをみつめることができます。ところがここで人を取巻いているのは常に同一のもの、恐ろしい同一性なのでした。自分の想念から、自分の妄想から、自分の思考の病的な反覆から私の意識を逸らせてくれるものはここには皆無でした。そしてまさにそれこそ奴らの狙いでした――自分の想念が喉につかえて遂に呼吸もできなくなり、結局私が何もかも吐出してしまう、自供してしまうほかはなくなるということが。つまり奴らの望みのことをすべて自供し、情報も味方も敵の手に遂に渡してしまうことです。この〈無〉の残忍な圧迫のもとに自分の神経が揺ぎ出したのを私は徐々に意識し、危険を自覚した私は何らかの気ばらしを見つけるか発明しようとして全力を振絞りました。頭を働かすために私は昔暗記したことを残らず暗誦しようとしてみました。国歌や子供時代の語呂合せの歌、高等学校で教わったホーマーや民法典の章句を記憶によみがえらせてみようとしたのです。それから私は計算をやってみました。任意の数を足してみたり割ってみたりしました。しかしこの空虚のなかでは私の記憶にも耐久力がありませんでした。どんなことにも集中することができないのです。〈奴らは何を知っているか、昨日自分は何と言ったか、今度は何と言わねばならぬか?〉という想念ばかりがいつもそこへ忍びこみ、ちらつき出すのです。

実際筆舌に尽しがたいこのような状態が四ヵ月つづきました。そう——四ヵ月、書こうとすればそれはたやすく書けます。それだけの文字以外のものではないのですから! 四ヵ月と口に言うのもたやすい、——五つの音にすぎない。一秒の四分の一にも満たぬ間に唇はそれだけの音を言ってしまいます、〈四ヵ月〉と! しかし時間と空間を失ったところで〈時〉がいかに長くつづくかを、他人にむかっても、いや自分自身にむかっても、説明し、測定し、具体化してみせることは誰にもできません。自分を取巻くこの徹底的な無、いつも変らぬ机とベッドと洗面器と壁紙、そして不断の沈黙、こちらへ目もくれずに食事を差しこむ同じ看守、気が狂ってしまうまでは無のなかで常に同じ一つの事のまわりを回転している想念、それがどのようなものかを何人にも説明することはできません。ちょっとしたことで私は自分の頭脳が乱れ出して来たのを知って不安になりました。最初は訊問の際にもまだ頭の中は明晰で、おちついてよく考えて陳述していました。何を言うべきか、何を言ってならぬかというあの両面の判断もまだできました。ところが今ではきわめて簡単な文句までも吃りながらしか言えないのです。陳述しているあいだ私は、まるで自分の言った言葉のあとを追駈けようとするかのように、調書を取るペンの動きを魅せられたように凝視しているのですから。私は自分の力が失せて行くのを感じ、自分の身を救うために洗いざらい自分の知っていること、いやおそらく知らないことまでも言ってしまう瞬間、この喉首を絞めつける無から逃れるために十二人の人間とその秘密を裏切ってしまう——そうしたからといってほんの一息つく以上のことはできなかったでしょうが——そういう瞬間が絶えずじわじわと迫って来るのを感じました。或る夜などは実際そこまで行ってしまいました。看守がたまたまそういう息の詰まった瞬間に食事を運んで来たのですが、立去ろうとする看守の背中へ突然私は叫び出したのです。『訊問へ連れて行ってください！　何もかも言いましょう。何もかも陳述しましょう。書類がどこにあるか、金がどこにあるか言いましょう。何もかも、何もかも！』さいわい看守にはもう私の言うことが聞えませんでした。多分私の言うことを聞く気もなかったのかもしれません。

この最後の土壇場になって、救いを――すくなくとも或る期間だけ救いをもたらすような或る思いがけないことが起ったのです。七月の末の、暗く曇った雨もよいの日でした。私がこの事実を非常に精確に記憶しているのは、私が訊問に連れて行かれるときに通る廊下の窓ガラスを雨がたたいていたからです。取調室の前の部屋で私は待たねばなりませんでした。訊問の前にはかならず待たされるのです。この待たせるということも奴らの技術の一部でした。最初奴らは呼出しで、真夜中に急に監房から連れ出すことで、こちらの神経をかきみだします。それからこちらがすでに訊問を受ける心構えになって、頭も意志も抵抗すべく緊張してしまうと、今度は奴らは待たせる、理由もなく待たせるのです。訊問まで一時間も二時間も三時間も待たせて、こちらの体が疲れ気力が萎えるようにさせる。そしてこの七月二十七日の木曜は特別長く私は待たされました。二時間たっぷり控室で立ったまま待たされたのです。この日づけをもはっきり記憶しているのは特別の理由があるからです。つまり、私が――勿論腰をおろすことを許されずに――二時間も足が胴体にめりこむ思いで立たされていたこの控室にはカレンダーが一つかかっていました。印刷したもの、書かれたものに飢えていた私が、壁にかかったこの数字、〈七月二十七日〉というわずかの文字をどれほど食い入るようにみつめたかをここで説明することはできません。私はいわばそれを自分の頭脳のなかにむさぼるように詰めこみました。それからまた私は待ちました。

いつ開かれるかと扉をみつめながら待ちました。そして同時に今度は訊問官が私に何を訊くかを考えていましたが、それでいて彼らが私の予期していることとは全然別のことを訊くだろうということもわかっているのでした。しかしそれにもかかわらずこの立って待つことの苦しみは、同時にまた慰めでもあり楽しみでもありました。なぜならこの部屋はとにかく私の部屋とは別の部屋であり、私の部屋よりすこし広く、窓は一つではなく二つあり、ベッドも洗面器もなく、窓の閾には私が何百万回とみつめたあの特別な形の罅もありませんでした。扉の塗装も違うし、違った椅子が壁ぎわに立ち、左手には書類のはいった整理棚と、ハンガーのついた衣服掛けがありました。そこには濡れた制服の外套、私の拷問吏の外套がかかっています。そういうわけで何か新奇なもの、別のものを眺めることができるわけでした。やっとここで飢えかつえた目で今までとは別のものを見ることができました。目はその一つ一つの特徴にむさぼるように注がれたものです。私はそれらの外套の襞の一つ一つを観察し、たとえばその一つの襟から落ちかけている水滴を目に留めました。そして、こんなことを言うとあなたにはどんなに馬鹿げているように思われるかもしれませんが、この滴が最後に襞に沿うて流れ落ちるだろうか、それとも重力にさからってなおしばらく留まっているかどうかと、気ちがいじみた昂奮をもって眺めたものです――ええ、私は何分も息をつめてこの滴をみつめました、まるでそれに私の生命がかかっているかのように。そしてとうとう滴がころがり落ちてしまうと、今度はまた外套のボタンを勘定しはじめました。

一つの外套には八個、次のも八個、もう一つのは十個。それからまた私はその外套の袖口を比較してみました。こういった馬鹿馬鹿しい取るに足りない些事が、言葉にあらわせぬほどの渇望に満ちた私の目を撫でさすり、私の目を包みこんでくれたのです。しかし突然私の視線はぴたりと或る一点に固定しました。一着の外套のポケットがすこしふくれているのを発見したのです。私は歩み寄って、そのふくらみ方が矩形になっているところからこのポケットのなかにあるものが何かわかったような気がしました。本なのです！　私の膝は顫え出しました。本！　四ヵ月も私は一冊の本も手に取っていませんでした。そして言葉がならび行とページを見ることのできる本、別の新しい、自分のものでない、心を別の方向へ向けてくれる観念をそこから読取り、そのあとを追い、自分の頭脳のなかに吸収することができる本というもの、それは考えただけでも何か感激を誘うもの、同時にまた心をとろかすようなものでした。魅せられたように私の目は、ポケットのなかのあの本が形づくっている小さなふくらみをみつめました。この特別目立つところのない一点に注がれた私の目は、外套を焼き焦して穴をあけてしまおうとするかのように熱っぽいものでした。しまいに私は自分の渇望を押えられなくなりました。思わず私はもっと近づきました。外套の生地を通してせめて本を自分の手でまさぐってみることができると考えただけで指の神経が爪先まで白熱しました。ほとんど無意識のうちに私はますますじわじわと近づいて行きました。さいわい看守は、どう見ても奇妙な私の振舞には気づきませんでした。多分看守としては、誰だって二時間もまっすぐ立っていたら少々壁によりかかりたくなるのも当然だと思ったのでしょう。遂に私は外套のすぐそばまで来て立ちました。私は目立たずに外套にさわれるようにわざと両手を背中にまわしておいたのです。生地にさわってみると、事実生地を通して何か矩形のもの、固くなくてかすかに軋むものを感じました——本です！　本です！　そして〈本を盗め！〉という考えが稲妻のように私の頭に閃きました。多分成功するだろう、そうすれば部屋のなかに匿せる、そして読めるのだ。読める、読める、やっとまた読めるのだ！　この考えは私の内部に忍びこむや否や劇毒のように作用しました。急に耳が鳴り心臓が動悸を打ち出し、手は冷たくなって思うように動かなくなりました。けれども最初の麻痺から醒めると私は上手にそっと外套にさらに近づき、あいかわらず看守をじっとみつめたまま背中にまわした両手でポケットの本をだんだんとずり上げました。それからさっと摑む、機敏に慎重に摑む、それでもう小さな、あまり厚くない本は私の手中にありました。このときになってはじめて私は自分のしたことに愕然としました。しかしもう後に戻るわけには行かない。けれども一体これからどうしたらいいのか？　私は背中の本をズボンのバンドのしまっているところへ突っ込みました。それからだんだんと腰骨のほうへ移す。こうすれば歩くときにも軍隊式にズボンの縫目に手を当てて本を押えておくことができますから。さて今度は試してみねばなりません。私は衣服掛けから離れました、一歩、二歩、三歩と。うまく行きました。片手をしっかりとバンドに押しつければ歩いても本を落さないようにすることができます。

それから訊問になりました。この訊問は私にとって今までにない緊張を必要としました。というのは、答えるとき私は、自分の陳述にではなく、何よりも気づかれぬように本をおさえておくことに全力を注いでいたからです。さいわいこのときは訊問は簡単に終りました。そして私は無事に本を自分の部屋に持って帰りました——それまでのこまかい顛末を一々お話しするのはやめましょう。一度などは廊下のまんなかで危険なまでズボンからずり落ちたので、私は体をかがめて無事それをバンドのところまでずり上げるために、ひどい咳の発作が起ったようなふりをしなければならなかったのですから。けれどもそのかわり、本を持って地獄のような部屋へ帰ったその瞬間は得も言えぬ瞬間でした。やっと一人になれた、しかももう決して真の意味で一人だけではなくなったのです!

多分あなたは、私が早速本を取出し、眺め、読み出したものとお思いになるでしょう。とんでもない! まず私は、自分の手もとに本があるという、本物の楽しみの前の楽しみを味わいつくそうとしたのです。この盗んだ本がどんな種類の本であれば一番嬉しいかといろいろ思いめぐらす楽しみ、ことさらに引延ばされた、私の神経を驚くほど刺戟する楽しみを。何よりもできるだけ長く読めるように、非常にこまかく印刷された、薄い紙になるべく多くの文字がならんでいるものであってほしい。それから私は、それが私の精神を緊張させる作品であってほしいと願いました。浅薄なもの、軽いものではなく、学べるようなもの、暗記することができるようなものであってほしい、詩、それも——まったく虫のいい夢ですが！——ゲーテかホーマーであってくれれば一番いい。しかしとうとう私は自分の渇望を、好奇心をこれ以上抑えきれなくなりました。看守が不意に扉を開けたとしても見つけられないようにベッドの上に横になって、私はわなわな顫えながらバンドの下から本を取出しました。

最初の一瞥で私は幻滅を、それどころかむらむらと怒気が湧いて来るような気持を味わいました。あれほど途方もない危険をおかして手に入れた、あれほど燃えるような期待をもって読まずに置いたこの本が、何のことはない、一冊のチェスの手引書、百五十局ほどの名人の棋譜の集録にすぎなかったのです。もし監禁されているのでなかったら、幽閉されているのでなかったら、私は最初の怒りのままこんな本など開かれた窓から投げ出してしまったでしょう。こんな愚劣なものをどうしたらいいというのです？　こんなもので何ができるというのです？　私も高等学校にいた少年の時分には大抵の連中と同じように時々退屈ざましに将棋盤にむかったことがあります。けれどもこんな理論の本など私にとって何になるでしょう？　第一チェスは相手がなくてはやれませんし、駒も盤もなければそれだけでもう全然不可能です。私は向っ腹を立てながら、序文でも註解でもいいからとにかく何か読めるところでも見出されないかと思ってページをめくってみました。しかし名人の試合の味もそっけもない図解と、a2—a3、Sf1—g3などといったような最初私にはわけがわからなかった符号のほかは何も見当りませんでした。こういったすべては私には一種の代数みたいなもののように見えました。それを解く鍵は私には見つからないのです。a、b、cという字が縦の列を、1から8までの数字が横の列を意味するのであり、それによって一つ一つの駒のその時その時の位置を示すのだということは、徐々にやっとわかって来たのでした。そうなるとこの純然たる図解がそれでもとにかく一つの言葉になって来ました。もしかするとこの監房のなかで将棋盤のようなものを組み立て、そうしてこれらの試合の跡を辿ってみることができるだろう、そう私は考えました。私のベッドのシーツがたまたま粗い碁盤縞になっているのが私には天恵のように思われました。うまく畳むとシーツはしまいに六十四の升目が揃うような具合になりました。そこで私はまず最初に本を敷蒲団の下に匿し、最初のページだけやぶいて取りました。それから食事のときに取っておいた小さなパン屑で、勿論おかしいほど無恰好なものですが、キングやクイーンその他の駒を何とかかんとかこしらえ上げることをはじめました。さんざん苦労したあげくやっと私は、碁盤縞のシーツの上に手引書にある局面を組んでみることができました。けれども試合をはじめから終りまで再現しようとしてみると、例の滑稽なパン屑の駒のおかげで最初はすっかり失敗してしまった。区別するため駒の半数は埃で色を濃くしておいたのですがね。最初の何日かは私は絶えず混乱していました。この一つの試合を五回、十回、二十回とくりかえし最初からやりなおしてみなければならないのです。しかし無に縛りつけられた、そして測り知れぬほどの渇望と忍耐力とをいくらでも持合せていたこの私ほど、自由な無駄な時間を持っていたものがいるでしょうか？　六日もするともう私は完全に勝負をすることができるようになりましたし、さらにもう一週間もすると、本に書いてある局面を具体的に思い描くためにシーツの上にパン屑を置く必要などは全然なくなりました。そしてさらに一週間後には碁盤縞のベッド・シーツすらをも必要としなくなりました。ａ１、ａ２、ｃ７、ｃ８などという、最初は抽象的なものにすぎなかった本の符号が、私の頭のなかで自動的に視覚的な、立体的な局面に変るのです。この転換は完全におこなわれました。盤面と駒が頭のなかに投射され、単なる図式だけでそれぞれの局面が概観されるのでした、ちょうど熟練した音楽家が総譜を一瞥しただけでもうあらゆる音とそのハーモニーが耳のなかに響いて来るように。さらにもう二週間もすると、本に書いてあるあらゆる試合をそらで――チェスの専門語で言えば〈目かくし〉で――やることが何の苦もなくできるようになりました。こうなってみると私は、あの大胆不敵な盗みが私に何という測り知れない幸福を得させてくれたかを理解しはじめました。というのは、これによって私は一挙に活動をはじめたのです――そう言いたければ無意味な活動、無目的な活動でしたが、しかもなお私を取巻く無を打破る活動でした。この百五十局の試合によって私は、空間と時間の息詰まるような単調さに対してたたかうすばらしい武器を所有することになったのでした。新しい仕事の魅力をいつまでも保っておくために、私はそれ以後毎日をはっきりと二分することにしました。朝に二試合、午後に二試合、それから晩は手短かにそのおさらいをしてみる。こうして、普通ならば膠《にかわ》のようにだらだらと流れる私の一日は充実され、私は疲れることなしに頭を使っていられました。というのは、チェスは精神的エネルギーを限定された場に集中させることによって、どれほど緊張した思考をおこなっても頭脳を弱らせず、むしろ頭脳の活潑さと弾力をたかめるという長所を持っているからです。最初は単に機械的に大家の試合をそのままくりかえしているだけだったのですが、それでもだんだん芸術的な、楽しい理解が私のうちに目覚めて来ました。攻防の妙手、奇策や詭計がわかるようになり、手を読みコンビネイションを考え反撃をおこなう技術を会得し、やがて私は、詩を数行読めば誰の詩かはっきりわかるのと同じように確実に、一人一人の名棋士のそれぞれの特色をその個性的な勝負の進め方のうちに判別することができるようになりました。単に時間つぶしの仕事としてはじめたことが本当の楽しみとなり、アリェーキン、ラスカー、ボゴリューボフ、タルタコーヴァーといったチェスの名戦略家たちの姿が親しい仲間として私の孤独のなかにはいって来たのです。無限の変化転換が毎日私のひっそりとした監房のなかに満ち、そしてまさにこの稽古の規則正しさが私の思考能力に、もう前からぐらついていた確実さをとりもどさせました。私は自分の頭脳が活気をよみがえらせ、不断の思考訓練によっていわば新しく研ぎすまされたようにさえ感じました。思考が前より明晰に、集中的になっていることは、特に訊問のときにはっきりわかりました。無意識のうちに私は、チェスをやりながら見せかけの脅迫や隠れた策略に対する防禦に通暁してしまっていたのでした。この時からして私は訊問の際全然隙を見せませんでしたし、それどころかゲシュタポの連中がだんだん私を或る敬意をもって遇しはじめたようにさえ思えました。ほかの人々は全部まいってしまったのですから、私一人がこのような不撓な抵抗の力をどんな隠れた源泉から汲み取っているのかと、内心奴らも不思議に思っていたことでしょう。

あの本にあった百五十局を毎日毎日系統的にくりかえしていた期間は私にとって幸福なものでしたが、それは二ヵ月半から三ヵ月ほどつづきました。そのあとで私は思いがけずデッド・ポイントにぶつかりました。不意に私はまたしても無に直面したのです。というのは、一つ一つの試合を二十回か三十回もやってしまうと、たちまち目新しさの、思いがけなさの魅力が失せてしまい、以前はあれほど昂奮と刺戟をかきたてた力も尽きてしまいました。もうずっと前から一手一手完全におぼえてしまっている勝負をくりかえしくりかえしやってみても何の意味があったでしょうか？　初手を打つが早いかその後の成行がいわば自動的に頭のなかに展開されてしまう。もはや不意討などというものはない、緊張もないし問題もない。頭を使うため、すでに私には欠かせぬものとなった緊張と気ばらしを自分に与えるためには、実際別の試合のことを書いた別の本が必要だったのです。けれどそれは全然不可能でしたので、この奇妙な迷宮のなかに残されている道は一つだけしかありません。つまり、今までの試合のかわりに新しい試合を自分で考え出さねばならなかったのです。自分自身を相手に、いやむしろ自分自身を敵にしてチェスの勝負を試みねばならなかったのです。

こういうゲイムのなかのゲイムの際の人間の精神の状況がどんなものであるかを、あなたがどの程度まで深く考えてごらんになったことがあるか、私は存じません。けれどもほんのちょっとでも考えてみれば、一切の偶然の存する余地のない純粋な思考遊戯としてのチェスにおいては、自分自身を敵としてゲイムするということが論理的に言って意味をなさぬはずだということはすぐあきらかになるでしょう。チェスの魅力は畢竟一にかかって、その戦術が相異なる二つの頭脳のなかで別々に発展すること、この精神の戦いにおいて黒は決して白の動きを知ることがなく、絶えず相手の意図を推量し相手の動きを封じて行こうと努め、一方また白は白で黒の秘められた意図を見越して受け流そうと努力すること、このことにのみ存するのです。ところで白と黒が同じ一人の人間だということになれば、同じ一つの頭脳が或る事を知らねばならぬと同時に知っていてはならぬ、白として手を指すときには一分ばかり前に黒として意図し狙ったことを命令一下すっかり忘れ去ることができるという、理窟に合わぬ状態が生ずることになります。このような二重思考は実際意識の完全な分裂を、ちょうど機械的な装置におけるように、脳の機能をスイッチ一つで自在に開閉し得るということを前提とします。チェスの場合自分を敵として勝負するということはそれ故、自分の影の上を跳び越えようとするのと同じような逆説を意味するのです。

さて簡単に申上げてしまいますと、私は絶望のあまりこの不可能事を、この背理をやってみようと数ヵ月も努めたのでした。ですが私には、純粋な精神錯乱かあるいは完全な精神衰弱におちいるまいとすれば、この理窟に合わぬ行為以外に選択の余地はなかったのです。自分を取囲む凄惨な無に押潰されまいとすれば、自分を白の自分と黒の自分にこのように分裂させるようにすくなくとも試みねばならない、この恐ろしい状況によって私はそう強いられていたのです」

B博士は寝椅子の背にもたれかかり、一分ほど目を閉じていた。それはあたかも心を惑乱させる記憶を無理矢理に押殺そうとしているかのようだった。抑えることのできないあの奇妙な痙攣がふたたび口の左の隅を走った。それから彼は寝椅子の上でやや身をもたげた。

「そう——ここのところまではすべてをどうにか理解できるような形で御説明できたものと思います。けれどもこれから先のことも同じようにはっきり具体的にお話しできるかどうかとなると、残念ながら全然自信がないのです。というのはこの新しい仕事は、それと同時にほかの自己統制をおこなうことを不可能にするほどの絶対的な頭脳の緊張を必要としたからです。自分を敵にまわしてチェスの勝負をするということがすでに私の考えるところでは理窟に合わぬ行為だということはすでに申上げました。けれどもこの馬鹿げたことですら、自分の前に本物の将棋盤を持っていたとすれば、ほんのわずかでもやはり救いになったでしょう。なぜなら将棋盤が実在することによってとにかく或る距離が、具体的な陣地の配置があり得ることになるからです。本物の将棋盤を前にして本物の駒を使えば、考慮の時間を間にはさむことができるし、単に肉体的にだけでも机の一方から他方へと位置を変えて、或るときには黒の視点から、或るときは白の視点から形勢を目に入れることができます。ところが私のように自分自身を敵として、いやこう言ったほうがよければ自分を相手にしてするこういう闘いを何もない空間に投射することを余儀なくされていれば、六十四の升目の上のその時々の状況をはっきりと記憶し、その上さらに単にその時だけの駒の配置のみならずパートナー双方のできるだけ先の手をも計算し、それのみか――こういうことがどんなに非常識に聞えるか私にはわかっていますが――二重にも三重にも、いや、七重八重九重にまでも想像力を働かせて、分裂した〈私〉のそれぞれのため、白と黒のために、五手か六手先を読んでおかねばならないのです。私は――こんな気ちがいじみたことをあなたに充分理解していただこうと求めるのは申訳ないことですが――空想の抽象的な空間のなかでのこのゲイムにおいて、白として四手か五手先を読み、同様に黒として同じことをしなければならない、つまり展開の過程に生ずるあらゆる局面を或る程度二つの頭脳で――白の頭脳と黒の頭脳であらかじめ描いておかねばならない。けれどもこの自己分断さえ、困難きわまる私のこの実験のなかで一番危険なものではありませんでした。一番危険なことは、自分一人でこのように勝負を考えることによって現実の足場を失い、奈落の底へひきずりこまれることでした。それまで何週間かやっていたように単に名人の対局のあとを辿るだけのことは、結局再現行為にすぎず、与えられたものをそのままくりかえすことにすぎませんし、それだから詩を暗記したり法文を記憶したりすること以上の努力を要するものではありませんでした。それは限定された、紀律のある活動であり、それ故すばらしい精神の訓練《エクセルキチウム・メンターレ》でした。朝二局と午後二局というのは一つの決まった課業のように思われ、私は何ら昂奮も感じずにやってのけていました。それは私にとって規則的な仕事のかわりになってくれましたし、その上勝負を進めているとき迷ったり先がわからなくなったりした場合には本を頼りにすることができました。この活動が私のぐらついた神経にとってあれほど有益な、むしろ鎮静的なものであった理由は、一にかかって、他人の勝負のあとを辿るだけならば自分というものはゲイムに引込まれないという一点にあるのです。黒が勝とうが白が勝とうが私にはどうでもいいことでした。チャンピオンの栄冠を争っているのは実はアリェーキンなりボゴリューボフなりであって、私という人物、私の悟性、私の心はもっぱら傍観者として、チェスに通じた人間として、その勝負の紆余曲折や妙技を楽しんでいるにすぎないのでした。しかし自分を敵として勝負を試みた瞬間から私は無意識のうちに自分自身に挑戦しはじめました。黒の私と白の私のそれぞれがたがいに他と張合わねばならず、そのそれぞれが相手を打ち負かそう、勝利を得ようと野心を燃やし焦躁に駆られるのです。黒になって一手指すたびに今度白が何をするだろうかと夢中になって考える。二つに分れた私の双方がそれぞれ相手がしくじりをやらかすと凱歌をあげ、同時に自分のへまに歯軋りするのでした。

すべてこういったことは無意味に見えますが、事実そのような人工的な精神分裂症、危険な昂奮状態を混えたこのような意識の分裂などというものは、正常な状態における正常な人間にあっては考えられぬものでしょう。ですが私があらゆる正常性から暴力的に引離されていたこと、罪もないのに幽閉されて何ヵ月も前から巧妙な孤独の責苦に遭わされていた囚人だったこと、鬱積した憤怒を何かしらにむかってぶちまけようとずっと前から思いつづけていた人間だったことを忘れないでください。そして私には自分自身を敵とする馬鹿げたゲイムのほかに何もなかったのですから、私の憤怒、私の復讐欲は熱狂的にこのゲイムに注がれました。私のなかの或るものはあくまで自己を主張しようとしている、そして私には自分の内部のもう一つのこの私しか闘う相手がないのです。そこで私はゲイムのあいだほとんど偏執的な昂奮状態におちこみました。最初はまだおちついてじっくりと考えもし、緊張から恢復できるように勝負と勝負のあいだに間をおいていたのですが、そのうちだんだん私のいらだった神経は待つなどということをもはや許さなくなって来たのです。白の私が一手指すや否やたちまち黒の私がいきりたって突進して来る。一勝負終るや否やたちまち私は自分にむかってさらに一番と挑戦する。というのは、勝負のたびに私の半身が他の半身に敗れ、復讐戦を要求するからです。監房の最後の一二ヵ月のあいだに、このような飽くことを知らぬ錯乱のあまり自分を敵にまわして何度勝負をたたかわせたか、それはおおよそのところすら私にはわかりません——多分千回ぐらいでしょうか、あるいはそれ以上も。

それは物に憑かれた状態でした。私はそれに抵抗することができませんでした。朝から晩まで私はポーンやルークやキングのこと、そしてbだのcだの王手だの入城《ロシャード》〔ルークとキングを同時に動かしてキングを囲う手〕だののことばかり考えていました。私の全存在全感覚は挙げてこの升目のついた四角形のなかに閉じこめられました。ゲイムの喜びはゲイムへの欲望になり、欲望は強迫になり、マニアになり、目を覚ましているあいだだけではなく徐々に睡眠のなかにまでも侵入して来る熱狂的な激情になりました。私はチェスのことしか考えられませんでした、チェスの動き、チェスの問題だけしか。時々私は額に汗を滲ませて目を覚まし、自分がいつの間にか夢のなかでまでチェスをせざるを得なくなっているのに気がつきました。人間のことを夢に見る場合でも、その動きはすべてビショップやルークの動き、あるいはナイト式の前進後退に限られているのです。訊問に呼ばれたときですら私は明確に自分の責任を考えることがもうできませんでした。最後の取調のときには少々陳述がしどろもどろだったような気がします。取調官たちが時々不審そうに目を見交わしていたからです。けれども実は私は、彼らが質問したり協議したりしていたあいだ、例の因果な渇望に駆られてひたすら自分の監房へ連れもどされるのを今か今かと待っていたのです。あのゲイムを、あの物狂おしいゲイムを、一番、もう一番とくりかえしつづけるために。ちょっとでも中断すると私はたまらない気持になりました。看守が監房を掃除する十五分ばかりすらが、いや看守が食事を運んで来る二分間すらが、私の熱っぽく逸り立った心にとって苦痛でした。時々食事の器《うつわ》が夜になっても手もつけないままになっていることもありました。ゲイムに夢中になって食べることを忘れてしまったからです。私が肉体的に感じたのは猛烈な喉のかわきだけでした。それは多分こういう間断のない思考とゲイムの熱のためだったにちがいありません。私は二口で水差の水を飲みほしてしまい、看守にもっと水を持って来てくれとやかましくせがみ、しかももう次の瞬間には口のなかで舌がからからになっているように感じるのです。しまいにゲイムの際の私の昂奮は——しかも私は朝から晩までそれ以外には何もしていなかったのですが——ますます嵩じて、一瞬もちゃんと坐っていることができないほどまでになりました。チェスの手を考えながら絶えず私は右へ左へ歩いていました。ますます歩調を速めながら、そして勝負の決着が近づくにつれてますます熱っぽく、せかせかと。勝ちたい、勝利を得たい、自分自身を打負かしたいという気持が徐々に一種の狂熱になり、いつも私はいらだたしさにわななないていました。私の半身のすることが悠長すぎるからです。一方はいつも他方をせきたてる。おそらくあなたには随分馬鹿馬鹿しく思われるでしょうが、私の半身が相手の半身に時を逸せず反撃しないと、私は〈もっと速く、もっと速く!〉とか〈進め進め!〉と、自分自身を叱咤しはじめました。勿論現在の私には、当時の自分のこの状態が精神の刺戟過剰の完全に病的な様相を呈していたことはわかりすぎるほどわかっています。これに名づけるとすれば、医学の上では従来知られていなかった〈チェス中毒〉とでもいう名前しか私には思い当りませんが。しまいにこの偏執狂的憑依状態は私の頭脳だけではなく肉体をも襲いはじめました。体は痩せ細り、睡眠はおちつかぬとぎれとぎれのものとなり、目を覚ましたときにはいつも鉛のような瞼を無理に開くため特別の努力が必要でした。コップを手に取ってもそれを唇まで持って行くのに苦労しないではいられないほど衰弱を感じたことも往々ありました。それほど手が顫えるのです。それでいてゲイムがはじまるや否や狂暴な力が私を襲いました。私は両手を握って駈けるように行ったり来たりし、時々赤い霧を通して聞くもののように自分の声が聞えて来ました。嗄れた敵意のこもったその声は『王手！』とか『詰めた！』とかと自分自身にむかって叫ぶのでした。

この恐ろしい状態、この形容に絶した状態がどのようにして絶頂に達したか、それは私自身にもはっきりわかりません。それについて自分でわかっているのは、或る朝目を覚ましてみると、いつもと様子が違っていたということだけです。自分の肉体が自分から脱落したみたいで、私は手足をだらりとさせてのんびりと横たわっていました。数ヵ月来味わわなかったようなこころよい深々とした疲労感が私の瞼の上にかぶさっていました。それがあまりにも温い快適な感じなので、はじめは全然目を開く気がしなかったほどでした。数分間も私はこうして目を覚ましながら、この重々しい気だるさ、この寝床の温みをうっとりと痺れたような感覚で味わい楽しんでいました。が、不意に私はうしろのほうで声がしたように思いました。何かしゃべっている生きた人間の声を。このときの私の狂喜はあなたには御想像もつかないでしょう。それまで何ヵ月も、ほとんど一年近くも、訊問官の鋭い険しい声のほかは聞いていなかったのですから。〈夢を見ているんだぞ〉と私は自分に言い聞かせました。〈夢を見ているんだ！　絶対に目をあけるな！　もっと見つづけるのだ、この夢を。そうしなければあの忌わしい部屋、あの椅子と洗面台と机と、相も変らぬ図柄のあの壁紙がまた目にはいることになるのだぞ。おまえは夢を見ている――その夢を見つづけろ！〉

しかし好奇心のほうが勝ちました。私はゆっくりと慎重に目を開きました。すると、何という奇蹟でしょう、私のいる部屋は今までの部屋ではない。あのホテルの部屋よりももっと幅があり、もっと広い部屋なのです。窓は格子がなく、いっぱい光がさしこみ、あのびくとも動かぬ防火壁のかわりに木が、風のなかで大きく揺れている緑の木々が見晴せます。四方の壁は白くつやつやと光っていますし、私の上の天井も白く高い――そう、事実私は新しい、見たことのないベッドに横たわっていたのであり、夢ではなく現実に私のうしろで人々の声がひそひそと囁いていたのでした。驚きのあまり思わず私は激しく身動きしたにちがいありません。足音がすぐ近づいて来るのが聞えたからです。一人の女性がなよやかな身のこなしで近づいて来ました。白い頭巾をかぶった女、看護婦なのです。歓喜のあまり私の体はわななき出しました。私はこの一年来女というものを見ていなかったのですもの。私はこのしとやかな姿をじっとみつめました。それはよほど食い入るような恍惚とした凝視だったに相違ありません。『静かに！　静かにしていらっしゃい！』とその女の人があわてて私をたしなめたほどですから。けれども私はその人の声にばかり耳を傾けていました。——今しゃべっているのは人間だろうか？　自分を訊問しない、自分を苛まない人間が実際この世にいるのだろうか？　しかもそれだけではない——これこそ驚くべき奇蹟なのですが——やわらかくあたたかい、ほとんど愛情のこもった女の声ではありませんか。むさぼるように私はその女の人の口もとをみつめました。人間が他の人間に好意をもって話しかけることがあり得るなどということが、この地獄にいるような歳月のあいだに私にはあり得べからざることのように思われてしまったのですから。彼女は私にほほえみかけました——そうです、彼女はほほえんだのです、好意をもって微笑して見せることのできる人間がまだいたのです。——それから彼女は警告するように指を口に当てて見せ、そして足音をひそめてむこうへ行ってしまいました。けれども私は彼女の命令に従うことができませんでした。まだこの奇蹟のような存在を見たいだけ見ていませんでした。その後姿を見送ろう、好意を持った人間というものの奇蹟を見送ろうとして、私はベッドの上に身を起そうと懸命に努力しました。けれどもベッドのはしに手をつこうとしても、どうしてもそうすることができません。私の右手だったもの、指や関節だったところが、何か変なものになっているような気がするのです。厚ぼったい、白い大きな膨らみ、——あきらかに大きな繃帯なのでした。私は自分の手のこの白い、厚ぼったい、見馴れないものを、最初はわけのわからぬまま啞然としてみつめました。やがて私は自分がどこにいるのかを徐々に理解しはじめ、自分の身に何が起ったのだろうと考えはじめました。誰かが私を傷つけたのにちがいない。そうでなければ私が自分で手に怪我をしたのだ。私は病院にいるのだ。

正午に医者がやって来ました。愛想のいい年輩の紳士でした。私の苗字を医者は知っていて、帝室侍医だった私の伯父のことを非常に敬意をこめて話してくれたので、私はすぐ、彼は私に好意を持っていてくれるという感じを持ちました。話しているうちに彼は私にいろいろと質問しましたが、なかでも特に或る質問は私を驚かせました――私が数学者か化学者ではないのかというのです。私はちがうと答えました。

『それはおかしい』と医者はつぶやきました。『熱に浮かされているあいだあなたはいつも奇妙な公式を口走っておられましたがね――c3、c4と。私たちは皆途方に暮れてしまいましたよ』

私は自分は一体どうしたのだろうかと訊いてみました。医者は妙な微笑をうかべて答えました。『大したことはありませんよ。急激な神経の昂奮です。』そして注意深くあたりを見まわしてから低い声でこうつけたしました。『それも所詮当然ですがね。三月十三日からだったのではありませんか?』

私はうなずきました。

『あの方法でやられれば不思議ではありませんよ』と彼はつぶやきました。『あなたがはじめてではありません。しかしもう心配なさらないでください』

彼が宥めるようにこう私にささやいてくれるその言方と、その慰めるような目つきのおかげで、彼のもとにいれば自分は安全だと私にはわかりました。

二日後この親切なドクターはやや率直に事の次第を私に説明してくれました。私が部屋のなかで大声で叫んでいるのを看守が聞いて、誰かが部屋にはいって来て私がその人間と言い争っているのだと最初思ったのだそうです。ところが彼が戸口に姿をあらわすや否や私が彼のほうへ駈け寄って、『さあもう一番だ、悪党、卑怯者！』とでもいうような意味の狂暴な喚き声とともに彼の喉元をつかもうとし、あげくのはて猛烈に攻めたてたので、看守は助けを呼ばねばならなかった。そのあとで、狂憤に駆られている私を奴らが医者に診せるため引っぱって行く途中、急に私は奴らの手を振りきって廊下の窓へ駈け寄り、ガラスを叩き割り、その際手を斬ったのだそうです——今でもまだここに疵痕があるでしょう。病院に運ばれてからはじめの数日の夜は私は脳炎のようなものに襲われていたそうですが、今では私の意識は完全に明晰さをとりもどしているように思うとのことでした。その上医者はこう低い声でつけくわえました。『勿論私としてはあのお歴々にそうは言いますまい。言えば結局奴らはまたあなたをあすこに連れもどしますからね。私に任せておいてください、最善を尽しますから』と。

この人助けの好きなお医者さんが私の拷問吏に何と報告してくれたのかは私には知るすべがあ

りませんでした。とにかく彼は所期のもの、つまり私の釈放を獲得したのです。あるいは私のことを責任能力なしと断定してしまったのかもしれません。あるいはまた、もしかすると、それまでのあいだに私がゲシュタポにとって興味のない存在になってしまったのかもしれません。ヒットラーはその後ベーメンを占領してしまったので、それによってオーストリアの問題などは彼にとっては解決ずみになっていたのですから。そういうわけで私は、二週間以内にオーストリアから退去するという誓約書に署名さえすればいいことになりました。そしてこの二週間というものは、嘗てのコズモポリタンが今日では国外へ旅行するときに必要とする無数の手続——軍関係の書類、警察の書類、税務関係の書類、旅券、ヴィザ、健康診断書のためにすっかり忙殺されていて、過ぎ去ったことをあれこれ思い返す余裕などほとんどありませんでした。どうも私たち人間の脳髄には、精神にとって重荷となり危険になる虞のあるようなことを自動的に排除する不思議な調節能力があるようです。というのは、私があの幽閉期間を思い返そうとするたびに、いわば私の頭のなかはぼやけてしまうのでした。数週間たってはじめて、——いや実はこの船に乗ってから、私は自分の身に起ったことを考えてみる勇気が出て来たのです。

これであなたも、私がなぜあなたのお友だちの方々にあのような無作法な、一見頑くなに見える振舞をしたかわかってくださるでしょう。実際私はまったく偶然に喫煙室をぶらついていて、あなたのお友だちが将棋盤の前に坐っていらっしゃるのを見たのです。思わず私は驚きと恐怖のあまり足が釘づけになるのを感じました。私は人間が本物の将棋盤を前にして本物の駒を使ってチェスをすることができるのだということを忘れ、そしてこのゲイムでは二人の全然違った人間が現実に対坐してやるのだということを忘れ去っていたからです。この人たちがそこでやっているゲイムが、絶望のあまり私が何ヵ月ものあいだ自分自身を相手に試みたあのゲイムと結局同じものだということが、実際何分かたたなければ私には思い出せなかったのです。あの血みどろのゲイムのあいだ私の使っていた数字は実は代用品にすぎず、ここにある象牙製の駒のかわりの符号にすぎなかったのだ、盤の上で駒を進めることが私の思考空間内での想像の動きと同一のものなのだということを知って味わった私の驚きは、複雑な方式によって紙の上に新しい遊星の存在を証明したのちに、事実大空にその遊星が白い明るい星として実在するのを認めた天文学者の驚きとあるいは似ていたかもしれません。魅入られたように私は盤を凝視し、私の頭のなかの図形──ナイト、ルーク、キング、クイーン、ポーンを、木に刻んだ現実の駒〔数行前象牙製となっているが、原文のまま訳しておく〕としてそこに見たのです。勝負の局面を展望するためには、どうしてもまずそれを例の抽象的な数字の世界から現実に動く駒の世界へ移し変えてみなければなりませんでした。二人のパートナーのあいだでおこなわれるそのような本物のゲイムを見物してみたいという好奇心がだんだん私を捉えて来ました。こうして失礼も顧みずあなたがたのゲイムに口出しをするという慚愧に堪えぬような真似をしでかしてしまったのです。しかしあなたのお友だちのあの過った手を見て私はまるで心臓を突かれたように感じました。私があの方を引留めたのは、純然たる本能的行動、欄干から身を乗り出した子供を咄嗟につかまえるのと同じ衝動的な動きでした。あとになってはじめて私は、余計な差出がましさから自分が何というはしたない無礼なことをしでかしてしまったかに気がついたのです」

私は急いでB博士に、私たちは皆この偶然の機会のおかげであなたと近づきになれたのを喜んでいるのだし、特に私としては今のようなことを打明けられたあとだけに、明日の即席試合の席上であなたの勝負を拝見することに余計興味をおぼえると力説した。B博士は不安そうな身振をした。

「いや、本当にあまり大きな期待を持たないでください。私としては一つの試験以上のものにしたくないのです……私に……そもそも私に、正常なチェスの——本物の盤で本物の駒を使って生きたパートナーを相手にするゲイムをやる能力があるかどうかという試験……今になってみると私には、自分が数百回も、いやおそらく数千回もやったあのゲイムが実際ルールに適った本当のチェスだったのか、夢の場合いつもそうであるように中間段階というものを飛び越えてしまった夢のなかでのチェス、熱に浮かされたチェス、熱に浮かされたゲイムにすぎなかったのではないかと、ますます疑問が起って来るのですから。私がチェスのチャンピオンを、しかも世界チャンピオンを相手にひけを取らないだろうなどとは、あなただって本気で期待はなさらないだろうと思いますがね。私の関心、私の興味をひくのは、当時の監房のなかでやっていたことがチェスであったのか、それとももはや狂気といえるものだったのか、当時私は危険な暗礁の間際にいたのか、それともすでにそれを踏み越えてしまっていたのか、それを確かめたいという遅れ馳せの好奇心にほかなりません――それだけ、本当にそれだけなのです」

ちょうどこの時船尾から夕食を告げる銅鑼の音が響いて来た。私たちは――B博士は私がここに要約したよりもはるかに詳細にすべてを語ったので――ほとんど二時間もこのおしゃべりに費してしまったものと見える。私は心から彼に感謝して辞去した。しかし私がまだデッキを歩き出さないうちに彼は私を追って来て、目に見えて神経質に、それどころかいくらか吃りながらこうつけくわえた。

「もう一言！　あとでまた無礼だと思われないようにあらかじめあの方々にお伝えおき願いたいのですが、私は一番だけしかやりませんよ……。これで古い勘定に決算をつけてしまう、それ以上のことにしたくないのです――決定的にこれでかたづけてしまうのであって、あらたに始めるのではないことにしたい……。私はもう戦慄をおぼえずには思い出せないあの熱狂的なゲイム欲にふたたび捉われたくはない……それにまた……それにまた、当時医者から注意されたのです……きつく注意されたのです。一度或るマニアに陥ったものは永久に危険から逃れられないし、また――たとい完全に治っていても――チェスの中毒にかかったことのあるものはもう決して将棋盤に近づかないほうがいい、と……。ですから、あなたも理解してくださるでしょうが――自分自身のため試験として一度この勝負をするだけで、それでおしまいにするのです」

翌日は几帳面に申合せたとおり三時に私たちは喫煙室に集っていた。私たちの仲間にはこの王者の遊戯の愛好者がさらに二人加わっていた。二人とも船のオフィサーで、試合を観戦するためわざわざ船内勤務を休む許可を得て来たのである。チェントヴィッツも前日のように待たせはしなかった。そして慣例どおり自分の持つ駒の色を決めてから、この無名の男《ホモ・オブスクリシムス》対名声赫々たる世界チャンピオンの記念すべき一番が開始されたのである。この勝負がわれわれのような専門的資格のない観戦者のためにたたかわされ、ベートーヴェンのピアノによるアンプロヴィザシオンが音楽史に逸せられたようにこの戦いの経過がチェスの年鑑に書き洩らされたことを私は残念に思う。実はその後の数日の午後、皆であの勝負を記憶によって再構成してみようとしてみたのだが、それは徒労だった。多分私たちはゲイムのあいだその進行ではなく、二人の競技者のほうばかりあまりにも熱心に眺めていたらしい。というのは、二人のパートナーの精神的素質の対照は勝負の進展するあいだますます具体的に形にあらわれて来たからだ。老練家のチェントヴィッツのほうが、初めから終りまで両眼を厳しく凝然と盤面に注いだままずっと石塊のように身動きもしなかった。考えるということは彼にあっては、一切の器官の極度の集中を必要とするまさに肉体的な努力のように見えた。B博士はそれに反して全然のんびりした自由な動作をしていた。遊戯のなかで単に遊びのみに"diletto"〔イタリア語「楽しみ」〕のみに喜びを感じる、この言葉の一番良い意味での本当のディレッタントとして、彼は体をすっかり寛がせ、最初は一手から次の手までの合間毎に私たちにいろいろ説明しながら談笑し、気軽な手つきで煙草に火をつけ、自分の番が来たときだけ一分ほど盤を眺めるだけだった。その様子はいつも相手の指す手をあらかじめ予想しているように見えた。

型通りの序盤はわりに迅速に運んだ。七手目か八手目になってようやく一定の計画のようなものが展開し出すように見えた。チェントヴィッツは考慮時間を延ばした。それによって私たちは自己の優勢を獲得しようとする本格的な戦いがいよいよはじまったのを感じた。しかし敢て真実を言えば、すべて本物のトーナメントのときにはそうであるように、状況の展開は私たち素人にとっては少々期待を裏切るものであった。駒が奇妙な図形を描いて交錯すればするほど、実際の局面は私たちにとってますますわけのわからぬものとなって来た。双方が何を意図しているのかも、二人のうちどちらが事実優勢を得ているのかも弁別できなかった。私たちはただそれぞれの駒が敵の前線を突き崩すべく梃子のように押出されるのを見るだけで、戦略的な狙いをこの駒の移動のなかから読取ることは――こういう優れた棋士はすべての動きをいつも何手も先まで考えておくものであるから――私たちにはできなかった。しかもその上、人を麻痺させるような倦怠がだんだん生れて来たが、これは主としてチェントヴィッツの際限のない考慮時間が原因で、この考慮時間のためわれわれの友人も目に見えて苛立って来た。勝負が長引くにつれて彼がますますおちつかなさそうに安楽椅子の上で体をもぞもぞさせ、苛立ちから次々に煙草に火をつけたり何かを書き留めようとして鉛筆に手を伸ばしたりするのを、私は不安な思いで見守った。それからまたミネラルウォーターを注文して、何杯も何杯もたてつづけに飲みほす。彼がチェントヴィッツよりも百倍も速く計算をたてていることはあきらかだった。チェントヴィッツが際限のない熟考のはてにやっとその鈍重な手で或る駒を動かそうと決心するたびに、私たちの友人はずっと前から予期していたことが実現したのを見た人間のようににやりと笑ってたちまち反撃を加える。機敏に働く思考力によって彼は相手のあらゆる可能性を頭のなかであらかじめ計算しているものとしか思えなかった。だからチェントヴィッツの決断が手間取れば手間取るほどますます彼の焦躁は増し、待っているあいだ彼の唇のまわりに腹立たしげな、ほとんど敵意のこもった色が強く浮んで来るのであった。けれどもチェントヴィッツは決して急《せ》かされはしなかった。彼は黙然として頑くなに考えこみ、盤上の駒がすくなくなって来るにつれてますますその時間は長くなった。勝負がはじまってから二時間四十五分たった二十四手目のときには、私たちは皆もううんざりして、ほとんど興味もなくチェス台のまわりに坐っていた。船のオフィサーの一人はすでに立去っており、もう一人は本を読みはじめて、何か変化のあるたびにちょっと目を上げて見るだけだった。が、このときチェントヴィッツの指す番になって不意に思いがけぬことが起った。チェントヴィッツがナイトを進めようとしてそれに手をかけるのを認めるや否や〔日本の将棋とは違って、チェスでは駒にちょっとでも手をつけたら止めることはできない〕、B博士は獲物に躍りかかろうとする猫のようにぐっと体をすくめた。彼の全身はわななきはじめ、そしてチェントヴィッツがナイトを動かすが早いか彼はさっとクイーンを動かして、勝誇ったように声高に「そら！　これで決まった！」と言うと、椅子の背に体をもたせて胸の上に両腕を組み、挑むような視線をチェントヴィッツに投げた。熱っぽい光が急に彼の眸のなかに燃え上った。

思わず私たちは盤面の上に身をかがめて、このように誇らしげに予告された手を読取ろうとした。最初見たところでは直接の脅威は全然あらわれていなかった。われわれの友人の言葉はそれ故、私たちのような近視眼のディレッタントにはまだ計算できない今後の展開のことを言っているものと見えた。この挑戦的な予言に驚かなかったのは一同のなかでチェントヴィッツ一人だった。「これで決まった！」という今の侮辱的な言葉を全然聞かなかったかのように彼は泰然として坐っていた。何も起らなかった。私たちは皆思わず息をひそめていたので、一手から次の手までの時間を測るために机の上に置いてあった時計の時を刻む音が急に聞え出した。三分たち、七分たち、八分たった――チェントヴィッツは身動きしなかったが、内的な緊張のため彼の厚ぼったい鼻孔がさらに一層ふくらんだように私には思えた。私たちの友人には、こうして沈黙のまま待つことが私たち自身と同様堪えられないらしかった。突然彼はぱっと立上り、喫煙室のなかを右へ左へと歩きはじめた。最初はゆっくりと、それからますます速度を上げて。私たちは少々驚いて彼を見上げたが、私以上に不安を感じていたのは一人もいなかった。これほど激しい勢で歩いているのにその歩く幅はいつも一定しているのが私を驚かせたからだ。それはあたかもこの何もない部屋のまんなかに目に見えぬ柵があって、彼はいつもそれにぶつかって方向転換を強いられているかのようだった。彼がこの行ったり来たりを無意識におこないながら嘗てのあの監房の広さを再現しているのだと悟って私は慄然とした。幽囚の数ヵ月のあいだまさにこれと同じく檻のなかの動物のように行ったり来たりしていたに相違ない。まさにこのように両手を硬直させ、肩をすぼめて。このように——まったくこのように彼はあの監房のなかで百度となく千度となく行きつもどりつしていたに相違ない——狂気の赤い光をその凝然とした、しかし熱っぽい眸にたたえながら。それでもまだ彼の思考能力は全然損われていないように見えた。時々いらだたしげにテーブルのほうへ向き直って、チェントヴィッツが決心してしまったかどうか見ようとしていたのだから。しかし九分たち、十分たった。それから私たちの誰もが期待していなかったことが起った。チェントヴィッツはそれまで机の上に置いたまま動かさなかった鈍重な手をゆっくりと挙げた。固唾を呑んで私たち一同は彼の決定を見守った。しかしチェントヴィッツは駒を動かさずに、思い決したように手の甲でゆっくりとすべての駒を盤上から押しやったのである。次の瞬間になってやっと私たちは悟ったのだ、チェントヴィッツは勝負を抛棄したのだ、と。私たちの前ではっきりそれとわかるように詰められてしまうまいとして、彼は降服してしまったのだ。あり得べからざることが起った、世界的名人が、多くのトーナメントの優勝者が、無名の人間、二十年か二十五年のあいだ将棋盤にさわってみたことのない男の軍門に降ったのである。無名の者、知られざる者である私の友人が、世界で一番のチェスの強豪を公開の戦いで打破ったのである！

いつの間にか私たちは昂奮のあまり一人また一人と立上っていた。私たちの誰もが、私たちの嬉しい驚きを表明するために何かを言うかするかしなければならぬように感じていた。ただ一人身じろぎもせずに平静を保っていたのはチェントヴィッツであった。かなりの間を置いてからやっと彼は顔を挙げ、石のような無表情な目つきを私たちの友人に投げた。

「もう一番やりますか？」と彼は訊いた。

「勿論です」とB博士は、私には不快な印象を与える熱狂をもって答え、勝負は一回で打切るといった最初の意志を私が思い出させるいともなくただちに腰をおろして、熱っぽい慌しさで駒をまた並べはじめた。あまり躍起になって駒をかきあつめたので、ポーンが二度も彼の顫える指から滑って床へ落ちたほどだった。彼の不自然な昂奮を見てすでに私の感じていた切ないまでの不快感は一種の苦悶にまでたかまった。目に見えた熱狂状態が今まであれほど物静かでおちついていた人間に取憑いたからである。痙攣がますます頻繁に彼の口のまわりに走り、急激な熱に襲われたように彼の体は顫えた。

「およしなさい」と私はそっと彼にささやいた。「今はおよしなさい！　今日はこれで充分だということにしなさい！　あなたにはあまり緊張が強すぎる」

「緊張ですって！　ははは」と彼は声高に毒々しく笑った。「こんなだらだらとした遣方でなければ十七番だって勝負ができたでしょうに！　私にとって緊張を要することは、こんなテンポでやりながら眠りこまないようにすることだけですよ！　さあ、はじめてください！」

この後のほうの言葉を彼は激しい、ほとんど粗野といえる口調でチェントヴィッツに言った。チェントヴィッツはおちついて重々しく彼を眺めたが、その石のような目つきのなかには握り固めた拳のようなものがあった。二人の競技者のあいだに不意に何かこれまでになかったものが生れていた。危険な緊張関係、激烈な憎悪が。彼らはもはや自分の能力をゲイムによって試そうとする二人のパートナーではなく、たがいに相手を完膚なきまでに打破ろうと心に誓った二人の敵であった。チェントヴィッツは初手を指すまで相当手間取った。そして私は彼がことさらそのように長い時間をかけているのだということを不意にはっきりと感じ取った。あきらかにこの老練な戦術家は、まさに自分の緩慢さによって敵を疲れさせいらだたせていることにすでに気づいてしまっていたのだ。それ故彼は、キングの前のポーンを二格進めるというごく普通の、最も簡単な初手にかかるのに、たっぷり四分も時間をかけたのである。即座に私たちの友人は自分のキングの前のポーンでそれに対抗したが、チェントヴィッツはまたしても長々と、ほとんど堪えられないような時間を置いた。それはあたかも激しい稲妻が閃いたあとで心臓をときめかせながら雷鳴を待っているような気持だった。しかも雷鳴は待っても待っても轟かないのである。チェントヴィッツは動かなかった。彼は静かに、ゆっくりと、——私はますますはっきりそう感じて来たのだが、悪意をこめてゆっくりと熟考した。けれども彼がそうしたおかげで私はB博士を観察する時間をたっぷり与えられた。博士は三杯目の水をちょうど飲み干していた。思わず私は彼が監房のなかで猛烈な渇きに苦しめられたことを私に話したのを思い出した。異常な昂奮のあらゆる兆候が明瞭にあらわれて来た。私は彼の額が汗に濡れ、手の疵痕が前より赤みを増して鮮明になって来るのを見た。しかしまだ彼は自制していた。四手目にチェントヴィッツがふたたび際限もない長考をはじめたとき彼は抑制を失って、いきなり相手にどなりつけた。

「さあ、早く指したらどうです！」

チェントヴィッツは冷やかに目を上げた。「持時間は十分と約束したように思いますがね。私は建前としてあまり短い時間では指さないのです」

B博士は唇を嚙みしめた。机の下で彼の靴底がますますせかせかと床を叩くのに私は気づき、何かとんでもないことが彼の内部で起ろうとしているという胸苦しい予感のために自分自身どうしようもないほど神経が昂ぶって来た。事実八手目にもう一度ちょっとした事件が起った。ますますもどかしくてたまらぬ様子で待っていたB博士は、もはや緊張を抑えることができなかった。

彼は右へ左へ体をずらせ、指で机の上をとんとん叩きはじめた。またしてもチェントヴィッツはその重そうな無骨な頭を挙げた。

「恐縮ですが叩くのをやめていただけませんか。気が散ってかなわない。こんな風にして指すことは私にはできません」

「ははは」とB博士は短く笑った。「そんなことはわかっていますよ」

チェントヴィッツの顔に血が上った。「それはどういう意味ですか？」と彼は鋭く険悪な調子で訊いた。

B博士はまたしても短く意地の悪い笑い方をした。

「何でもありません。あなたはたしかに非常に神経質でいらっしゃるということだけです」

チェントヴィッツは沈黙し、頭を下げた。

七分後に彼は次の手を指し、そしてこのやりきれないテンポで勝負はだらだらとつづいた。チェントヴィッツはいわばますます石のようになって行った。しまいに彼は一手指すまでに約束の考慮時間を最大限に利用し、そしてこの期間が一度来る毎に私たちの友人の挙動はますます奇妙なものになった。まるでもう勝負には全然関心を持たず、まったく別のことに気を取られているような様子だった。今までのように熱っぽくあちこち歩くのをやめ、自分の席に身動きもせずに腰を据えているのである。無表情な、ほとんどどうつけたような目で前方の空間を凝視しながら、彼はひっきりなしに意味のわからない独り言をつぶやいていた。何もかも忘れて際限のない組合せを思い描いていたのか、あるいは——これが私の心の一番底での疑惑だったが——全然別の勝負を作り上げていたのであろう。というのは、チェントヴィッツがやっと指してしまうと、そのたびに彼をその放心状態から呼びもどさねばならなかったからである。しかしそのあとで自分の現在の立場にたちかえるためには彼はたった一分しか必要としなかった。実は彼は、いつなんどき何らかの激烈な振舞となって爆発しかねないこの冷い精神錯乱の状態のなかで、チェントヴィッツをも私たちすべてをももうとっくの昔に忘れ去っているのではないかという疑念が、ますます私の心に忍びこんで来た。そして事実十九手目に破局が襲って来た。チェントヴィッツが駒を動かすや否やB博士はまともに盤を見もせずに唐突にナイトを三格押進め、われわれすべてがぎょっとしたほど大声で叫んだ。

「詰みだ！　詰みだ！」

私たちは何か特別な手が指されたものと思って早速盤を眺めた。しかし一分ほどして私たちの誰もが予期していなかったようなことが起った。チェントヴィッツはゆっくりと、ごくゆっくりと頭を挙げ、そして——これまで一度もしなかったことだが——私たちの仲間を一人ずつ順々に見た。彼は何かを限りなく楽しんでいるように見えた。なぜなら彼の唇に満足げな、そしてあきらかに嘲けるような微笑がだんだんと浮び出したからだ。私たちにはまだ腑に落ちないこの勝利を心ゆくまで味わい楽しんでから、やっと彼は表面鄭重さを装って私たち一同にむかって言った。

「残念ですが——しかし私にはどこも詰められていると思えませんが。皆さんがたのどなたか、私のキングが詰められているとお思いになりますか？」

私たちは盤面を眺め、それから不安になってB博士のほうへ視線を移した。チェントヴィッツのキングは実際——子供でもこんなことはわかるはずだが——一つのポーンによってナイトから完全に守られていた。だから詰みなどということは考えられないのだった。私たちは不安になった。私たちの友人は昂奮に駆られているうちに、何かの駒を一つ升目を違えて動かしてしまったのであろうか？　私たちの沈黙によって注意を喚起されてB博士も今度は盤を覗きこみ、ひどく吃り吃り言い出した。

「おや、このキングはf7にあったはずだが……位置が狂っている、全然狂っている。あなたが指し方を間違えたのですよ！　この盤面ではすべて位置が狂っている……ポーンはg5にあるべきで、g6ではない……これは全然別ものだ……これは……」

彼は突然口ごもった。私が激しく彼の腕をつかんだ、というより強く抓ったので、熱に浮かされたように錯乱していた彼も私の指を感じずにはいなかったのだ。彼は振向いて夢遊病者のように私をみつめた。

「どう……どうしたのですか？」

私はただ《Remember!》〔思い出してください〕とだけ言って、その言葉と同時に彼の手の疵痕を指で撫でた。彼は思わず私の動きを見守り、その目は疵痕の血のように赤い筋にどんよりと注がれた。それから不意に彼は顫え出し、戦慄が彼の全身を走った。

「お願いですから言ってください」と彼は血の気のない唇でささやいた。「私は何か馬鹿なことを言うかするかしましたか?……要するに、私はまた……?」

「いいえ」と私も低くささやいた。「しかしすぐゲイムを中止なさらねばなりません。今が汐時です。医者に何と言われたか思い出してください!」

B博士はさっと立上った。「馬鹿な間違いをして申訳ありません」と彼はもとの鄭重な声で言い、チェントヴィッツに頭を下げた。「私が今まで言ったのは勿論全然意味をなさぬことです。勝負は言うまでもなくあなたの勝ちです。」それから彼は私たちのほうにむかって言った。「皆さんにもお詫び申上げねばなりません。しかし私は、あまり大きな期待を私にかけてくださらぬようにとはじめから申上げておきました。この失態を許してください――私がチェスを試みるのはこれでもう最後とします」

彼はお辞儀をして、最初あらわれたときと同じ慎ましい謎めかしい様子で立去った。この男が何が故にもう二度と将棋盤に触れようとしないのかを知っているのは私だけで、ほかの連中はただ漠然と、あやういところで何か不愉快な危険なことを免れたのを感じながら、少々狼狽してそこに取残されていた。《Damned fool!》とマッコナーは期待を裏切られてぶつぶつ呟いた。チェントヴィッツは一番最後に安楽椅子から立上り、終りかけていた勝負の上になおも一瞥を投げた。「残念です」と彼は鷹揚に言った。「攻め方は決してそんなに悪いものではなかったのだが。ディレッタントとしてはあの方は実に並々ならぬ才能をそなえています」

一九四一年［大久保和郎訳］

〔解説〕

ツヴァイクの甦り──今は亡き児玉清氏に

池内紀

児玉さんはツヴァイクが好きだった。ドイツ文学科の学生のころ、辞書と首っぴきで全集をあらまし読み終えたという。大学院にすすみ、学者の道を歩むはずだったが、ひょんなことから俳優になり、ドイツ文学と縁遠くなっても、おりにつけツヴァイクは読んでいた。俳優のかたわら無類の本好きとして書評や本をめぐるエッセイを綴るとき、何かのときにツヴァイクの名前が出てきた。もし俳優にならず、当初の志望どおり学者の道を歩んでいたら、『寝ても覚めても本の虫』『負けるのは美しく』といった著書以外に、必ずやツヴァイクをめぐる一冊をのこしていただろう。

とともに、ある奇妙なことに気づいたにちがいない。日本のドイツ文学者にツヴァイクが、さっぱり人気がないということだ。読んでいるけはいすらない。読めばおもしろいから学生や大学院生が卒業論文のテーマにしようとすると、指導教官がいい顔をしない。

「ヘェ、ツヴァイクねェ」

あきらかに、軽んじた口ぶりである。学生は敏感だから、指導教官のお気に召さないものはヤバイと感じ取って、さっそく変更を申し出る。

ちょうど児玉清さんが学生のころ、『ツヴァイク全集』全十九巻（みすず書房・一九六一―六五年刊）が書店にお目見えした。ふつう全集が翻訳されるような作家には、その人を専門とする学者がいて、同じタイプの数人が手助けして実現する。『ツヴァイク全集』の場合、訳者は総数三〇人に及び、同じ一冊の短篇集を何人もが手分けしていたりする。翻訳を請け負った人が声をかけ、即席のチームをつくったらしい。大半の人がそれまで一度もツヴァイクについて、考えたり書いたりしたことがなかったのではあるまいか。

「ゲルマニスト」と呼ばれる学者の卵になっていたら、児玉さんにはそのうち、わかってきただろう。日本のドイツ文学者は総じておもしろさや笑いを好まない。難解、深刻でなくては文学でないかのようで、晩年のリルケの詩をあたかも聖句のように解釈する一方で、「八歳から八十歳までの読者」をもつケストナーには手もふれない。神話を取りこんだトーマス・マンの長篇小説は「大文学」だが、同じ歴史小説でも軽妙な逸話をちりばめたヨーゼフ・ロートの『ラデツキー行進曲』はお呼びではない。こともなげにツヴァイクを「通俗」の一語で片づけて、それが児玉青年のような本好き、文学好きに、どれほどゆたかな知的鉱脈を意味していたか、思ってみようともしなかった。明敏な児玉清は、うすうすそんな「ドクブン（独文）」の体質に気がつき、入口でそっと匂いを嗅いだだけにして、さっさと踵を転じ、より自由な俳優をめざしたのではなかろうか。

ツヴァイクのエピソードとして伝わっている。あるとき満員のホールで話していた。最前列中央の肥った紳士が、しきりにうなずきながら聴いている。そのうち紳士は胸のポケットから懐中時計を取り出すとチラリと目をやり、まじまじと見つめ直し、つぎにはやおら時計を耳に添えた――愛読する作家の講演ときいて勇んで駆けつけてきたが、大いに退屈していたのだろう。もうそろそろ終わると思ったのに、まだ予定時間の半分にも達していない。時計のネジが切れていないか確かめたらしいのだ。ツヴァイクはいたく傷つき、以後、講演はよほどのことがないかぎり引き受けなかった。

本当にあったことかどうかはわからないが、いかにもツヴァイクをよく示している。流麗なペンの人によくあることだが、ツヴァイクは話すのは苦手だった。同時代の作家トーマス・マンはラジオを強力な表現の手段としたが、ツヴァイクには講演原稿といったものがほとんどない。

もし本当に「いたく傷ついた」としたら、いささか忘恩のきらいがあったかもしれない。肥っちょの紳士に代表される「よき市民」たちこそ、ツヴァイクの圧倒的な人気を支える読者層であったからだ。おそらく多少は傷ついたかもしれないが、愛読者の要望にこたえられない弁才の拙なさ、並びに自分の表現スタイルが講演といった場に合わないことをあらためて確かめ、苦笑とともに少し早目に切り上げたのではなかろうか。

シュテファン・ツヴァイク（一八八一―一九四二）はウィーンの富裕なユダヤ人工業家の家に生まれ、早熟の詩人として出発。劇作を試みたのち小説に転じ、一挙に才能を開花させた。両大戦間のドイツのブルジョワ家庭の書棚には、『三人の巨匠（バルザック、ディケンズ、ドストエフスキー）』『ジョゼフ・フーシェ』『マリー・アントワネット』といったツヴァイクの伝記小説が必ず納まっていたはずである。その著書は出るとすぐに各国語に訳されて出廻った。シュテファン・ツヴァイクは両大戦間のもっとも「成功した作家」のひとりであって、著書の発行部数の点でいうと、ノーベル賞作家トーマス・マンの数十倍にのぼるだろう。

ツヴァイクは歴史上の人物を描くにあたり、伝記的事実の一方で、まるで当人から聞きとったかのように心理を書き加え、歴史的状況を内面的にもドラマチックな状況にして盛り上げた。いわば事実を詩のようにあしらって小説を作った。一般によき市民といわれる人々は歴史好きであり、それが内的ドラマに仕立ててあると、なおのこと感動が深まる。そんな「高級な大衆本」としての特性が、「ドイツ文学者」と呼ばれる人々にはお気に召さなかったのだろう。たとえ息をつめて読みふけっても、論じる対象とはみなさず、「通俗性」の一語でそそくさと葬り去った。

スター作家になってのち、ツヴァイクは生地ウィーンを去ってザルツブルクに住んでいた。一九三三年一月、ヒトラー政権成立。直ちに独裁体制を固めていく。反ユダヤのただならぬ雲行きを見てとって、ツヴァイクはイギリスに住居を用意した。マンをはじめとする反ナチズムの作家たちの大半は一九三三年から三六年のあいだに国を出たが、ツヴァイクはザルツブルクにとどまっていた。一九三八年、オーストリアがナチス・ドイツに併合されるのをみて、ようやく祖国をあとにした。

同じユダヤ系作家ヨーゼフ・ロートは酒好きで有名で、経済的窮状をしばしばツヴァイクに救ってもらった。一九三三年、フランスに亡命、パリの安ホテルの便箋で、何度となく援助の手を差しのべてくれた人に書き送っている。「いずれあなたにもはっきりするでしょう。われわれは大きな破局に直面している。いずれ全面的な新しい戦争になるでしょう」

ロートは作家になる前はウィーンやベルリンのジャーナリズムで仕事をして、時代を見る目をやしなってきた。「このような野蛮に支配をゆだねる社会」を、きちんと直視するようにとツヴァイクにすすめている。未練をもってはダメ。「幻想を抱かれませぬように。いずれ地獄が支配するのです」

一九三三年以来、はじめはゆるやかな「規制」というかたちでユダヤ人排除が始まり、年とともに急テンポで加速していく。一九三五年、「ニュルンベルク法」成立。表面上は「ドイツ人の血統とドイツ人の名誉を守るための法律」であって、一見のところはドイツ人法だが、中身はすべてユダヤ人に向けられていた。ユダヤ人を規定して、その混血からドイツ人の血統と名誉を守る。

それから三年あまり、ツヴァイクはなお祖国にとどまりつづけた。時代を正確に見る目をもたず、「幻想」を抱きつづけていたのだろうか？

ツヴァイクの数多くの短篇のうちから、ここには四篇が収めてある。最初の「目に見えないコレクション」は、一九二二年にドイツを襲った未曾有のインフレが背景になっている。第一次世界大戦の敗戦国ドイツは、途方もない賠償金を課せられ、経済がマヒ状態を呈していた。フランス軍によるルール工業地帯占拠をきっかけにして金融システムが一挙に崩壊。人々は一夜にして、「年金などでは月に二日もくらしてゆけない」生活に陥った。

目の見えないコレクターを父親にもつ質素な身なりのさびしい娘は、当時のドイツ国民の似姿そのものだろう。誰もが途方にくれていた。物価が倍々ゲームのように値上がりして、いまや卵一つが天文学的数字を示している。途方もないインフレを境にして、ゲーテやシラー以来、ドイツ国民の精神的バックボーンを形成していた堅実な中産階級が消滅した。ナチズムが急速に勢力をのばしていった前提というものだ。

つぎの「書痴メンデル」はほぼ同時代の隣国オーストリアのケースである。ほんのひと昔前、「たそがれの維納《ウィーン》」の辻には陽気なメロディーが流れ、華やかなざわめきにあふれていた。昔ながらのカフェの奥には玉突き場があり、かたわらのテーブルで「枢密顧問官か大学教授といったタイプの二人」がチェスをさしている。そこはまたガリチア生まれのユダヤ人、ヤーコプ・メンデルの世界だった。「死滅しつつある前世界」の書物だけに生きている男。

作家ツヴァイクはメンデル的人物を好んでとりあげた。「目に見えないコレクション」の主人公も同類だろう。何か一つことに過大の情熱をもつばかりに、平均的なものを優先する社会にあって「奇人」にならざるをえないのだ。およそ罪のない愛すべき人物が時代とともに零落していく。ひとりの奇人を通して、ツヴァイクはさりげなく一つの典型を提出している。それまで神聖なものとされていた権利を、「正直に信じたばかりに逃げそこなった人たち」。ほんの三年か四年で十分なのだ。「新しいファラオの時代になると、もうヨーゼフのことを知る者はなくなった」……。

「書痴メンデル」は一九二九年の発表である。ツヴァイクはすでにいち早く、チョビ髭をはやした独裁者に歓呼する「新しいファラオの時代」を予告してはいないだろうか。

「チェスの話」は、われらの書痴児玉清がもっとも愛した作品である。ツヴァイクはこれを祖国オーストリアを捨て、イギリスからアメリカへうつった矢先の一九四一年に発表した。チェス以外は何も受けつけない頭脳の持ち主は奇人のタイプだが、より一層意味また陰影が深めてある。ニューヨークを発《た》ってブエノス・アイレスに向かう客船上の十二日間は、ザルツブルクにとどまり、世のうつりゆきをじっと観察していた年月とかさなっており、指先で何かを指すようにしてツヴァイクは書いている。

「あらゆる種類のモノマニア的な、ただ一つの観念に凝り固まってしまった人間は、これまでずっと私の興味をそそって来た。人間は限定されればされるほど一方では無限のものに近づくからである」

ヒトラーの天下取りのかたわらで、オーストリアではドルフスというファシスト見習いが政権についた。いずれドイツの先例を手本にして国会の機能を停止するだろう。町は重苦しい。日に日を追って隣国から逃げ出してくる人々が増加する。無気味な強制収容所のこと、ユダヤ商人ボイコットのこと、あるいは「併合」とよばれる事態について、ひそひそと町角ごとにささやきが交わされていた。

ツヴァイクはまたSAやSSという名のナチスの私兵たちについて述べている。本当の軍隊ではないが「危険性と訓練度はまったく同じ軍隊」であって、疎外され、冷遇され、社会に対して「怨恨を抱いた連中の軍団」が、あらゆるところ、官庁から仕事場、事務所、個人の私室までも見張っている。

チェス盤をはさみ「新しいファラオ」と「忘れられたヨーゼフ」が対峙している。勝運がどちらの側にあるか、火を見るよりもあきらかだ。

ツヴァイクにとっての客船の行き先はブラジルだった。一九四二年二月、シュテファン・ツヴァイクは新しい亡命地ブラジルのペトロポリスで自殺した。「別れの手紙」には、自分たちの世界がもはや消え失せたからには、その世界に「節操をつくし、一つの生命に終わりをもたらす」旨のことがしるされていた。

児玉さんとは、ある雑誌の鼎談ではじめて会った。五十年に及ぶ俳優歴を聞いたわけだが、忘れられないあれこれ。ニューフェイスとして期待されながら映画では十年ちかく、チョイ役のままで、のちにテレビの世界にうつったこと。親しんだ人々、印象にやきつけた情景……。

そしてある日、愛する娘に突然、死が告げられたこと。威容を誇る現代医学はなすすべを知らず、しかも医学的権威の名のもとに無力な患者をなぶりものにする。忽然とこの世からいなくなった娘に『負けるのは美しく』の終章で慟哭の文章が捧げられた。

おだやかに、やさしく、記憶をたしかめながら話す人だった。相手をつつみこむようなやさしさ。だがそれは強くて、厳しいからこそ実現するやさしさであって、地の底に沈みこむようなときにも、まわりへのいたわりを忘れない。人間舞台の名ワキ役というべき人の語りだった。

それがきっかけで親しくなった。児玉さんがホスト役の場に招かれて、話をしたこともある。大根役者のたわいないおしゃべりを、児玉さんは辛抱づよく聞いていた。新しいツヴァイクの選書をもくろんでいて、児玉さんに一役買ってもらうつもりでいたのだが、なぜかテレくさい気がして、とうとう話せないままに終わってしまった。

本書はツヴァイク全集3『目に見えないコレクション』（みすず書房、一九七四年）を底本とした。

本文中、明らかな誤記・誤植は訂正したが、表記法や文字の不統一などは原文のまま残した。また、現在では不適切あるいは差別的と思われる表現については、それを助長する意図はなく、時代背景ならびに作品のコンテクストを考慮して、そのままとした。

著者略歴

(Stefan Zweig, 1881-1942)

作家. 1881年, オーストリアのウィーンに, ユダヤ系の裕福な紡績工場主の息子として生れる. ウィーン大学で哲学を学び, 第一次世界大戦中は, ロマン・ロランとともに反戦平和の活動に従事する. 大戦後は, ザルツブルクに住み, 数々の作品を発表. ヨーロッパの多くの作家, 芸術家と親交を結ぶ. ヒトラーの政権掌握後, ロンドンに亡命. その後アメリカ, さらにブラジルへ移住するが, 1942年, 第二の妻とともに自ら命を絶つ. 伝記小説に,『人類の星の時間』『ジョゼフ・フーシェ』『マリー・アントワネット』『メリー・スチュアート』, 評論に『昨日の世界』『時代と世界』などがある.

訳者略歴

辻　瑆〈つじ・ひかる〉1923年に生れる. 東京大学文学部ドイツ文学科卒業. 東京大学名誉教授, ミュンヘン大学名誉評議員. 編著『カフカの世界』(荒地出版社, 1971). 訳書 F・カフカ『審判』(岩波文庫, 1966) ほか.

関　楠生〈せき・くすお〉1924年静岡県に生れる. 1946年東京大学文学部ドイツ文学科卒業. 東京大学名誉教授, 獨協大学名誉教授. 2014年歿. 訳書 シュライバー『道の文化史』(岩波書店, 1962) ペトリ『白バラ抵抗運動の記録 (未來社, 1971) ほか.

内垣啓一〈うちがき・けいいち〉1925年京都に生れる. 1950年京都大学文学部ドイツ文学科卒業. 東京大学名誉教授. 1989年歿. 演劇・オペラの翻訳・評論・演出等多数あり.

大久保和郎〈おおくぼ・かずお〉1923年東京に生れる. 慶應義塾大学文学部中退. 独・仏文学を専攻. 1975年歿. 訳書 ハナ・アーレント『全体主義の起原 1・3』(1972, 1974, みすず書房) ほか.

解説者略歴

(いけうち・おさむ)

1940年, 兵庫県姫路市生れ, ドイツ文学者, エッセイスト. 2019年歿. 主な著訳書,『カフカの生涯』(白水社),『祭りの季節』(みすず書房),『カフカ短篇集』(岩波文庫), ゲーテ『ファウスト』(集英社) ほか.

《大人の本棚》

シュテファン・ツヴァイク

チェスの話

ツヴァイク短篇選

辻　　瑆
関　楠生
内垣啓一
大久保和郎
共訳
池内紀解説

2011年8月19日　第1刷発行
2023年7月18日　第8刷発行

発行所 株式会社 みすず書房
〒113-0033 東京都文京区本郷2丁目20-7
電話 03-3814-0131(営業) 03-3815-9181(編集)
www.msz.co.jp

本文組版 キャップス
本文印刷所 平文社
扉・表紙・カバー印刷所 リヒトプランニング
製本所 誠製本

ISBN 978-4-622-08091-6
[チェスのはなし]